半生孤影

鸣凤于飞

于凤至传

落花无言 著

团结出版社

图书在版编目（CIP）数据

半生孤影，鸣凤于飞：于凤至传/落花无言著 .—北京：团结出版社，2023.5
　　ISBN 978-7-5126-9902-1

　　Ⅰ.①半… Ⅱ.①落… Ⅲ.①传记文学－中国－当代 Ⅳ.①I25

中国版本图书馆 CIP 数据核字（2022）第 229339 号

出　版：团结出版社
　　　　（北京市东城区东皇城根南街 84 号　邮编：100006）
电　话：（010）65228880　65244790（出版社）
　　　　（010）65238766　85113874　65133603（发行部）
　　　　（010）65133603（邮购）
网　址：http://www.tjpress.com
E-mail：zb65244790@vip.163.com
　　　　tjcbsfxb@163.com（发行部邮购）
经　销：全国新华书店
印　装：三河市东方印刷有限公司

开　本：160mm×230mm　16 开
印　张：12.75
字　数：169 千字
版　次：2023 年 5 月　第 1 版
印　次：2023 年 5 月　第 1 次印刷

书　号：978-7-5126-9902-1
定　价：42.00 元
　　　　（版权所属，盗版必究）

目 录

第一章 鸣凤于飞

雏凤来仪　　　　　　　　2
于家有女初长成　　　　　7
欲说还休　　　　　　　　11

第二章 固守与别恋

姻缘与父命　　　　　　　16
愿得一心人　　　　　　　24
琴瑟和鸣　　　　　　　　33
持家有道　　　　　　　　38
飞往光亮处　　　　　　　42

第三章 隐藏的泪

孤枕泪影　　　　　　　　50
清醒中的嬗变　　　　　　59
岁月狰狞　　　　　　　　63
心底疮痍　　　　　　　　69

第四章 风起云涌

看不见的界线 … 76
南京之行 … 81
祸起 … 86
外面的世界很精彩 … 91

第五章 陪伴与别离

软禁与陪伴 … 97
陌生的美国 … 109
一定要活下去 … 112
重生 … 116

第六章 奔波与憔悴

相见时难 … 120
那场轰炸 … 125
孩子，孩子 … 128
贵人相助 … 131

第七章 为母则刚	股市搏杀	138
	命运无常	145
	祸从天降	148
	探亲始末	152

第八章 放手之间，只为成全	奔走呼吁	158
	两地之间	164
	痛读家书	166
	卿本佳人，奈何情深	169

第九章 浮生一梦	商界女王	178
	高瞻远瞩	184
	心愿	186
	回忆录	190
	张于凤至	192

第一章

鸣凤于飞

优良的学习环境中,她耳濡目染,深受影响——既有超越同龄人的见解力与洞察力,更有纯良的品质、豁达广阔的气度。

雏凤来仪

晚清末年,时局动荡不安,各地起义层出不穷,清政府在风雨飘摇中摇摇欲坠。

碧水依旧无声无息地流淌,无论岁月怎么变迁,也无论江边船上的旗帜换了多少次,此时的江面上照旧行驶着各种船只。

锣声响起,远处的路上,官轿起伏,渐行渐近,知县照例出巡,热闹的仪仗队照例为其敲锣打鼓开路前行,前呼后拥的气派也一如往常。

一群美丽的女子,悠悠然地从热闹的街市穿过。这些逛街的女子们,有的裹着三寸金莲,有的穿着旗人女子传统的花盆底鞋,她们美丽清秀的容颜,摇曳生姿的体态,吸引着路人纷纷驻足。

新旧交替的时代,火车已不再新鲜。一声刺耳的长鸣中,熙熙攘攘的旅客涌动起来,火车附近并无站台,背包裹的、穿洋装的、着对襟短褂的,种种送别的人,拥在火车车窗附近频频挥手。一阵浓烟吐出,"咣当——咣当——",火车渐渐启动,在那长蛇似的铁轨旁,有人随着火车奔跑着,直至那条钢铁巨龙越行越远。

日光底下,为生活所迫的百姓,靠山吃山,靠水吃水,靠着火车站附近,则会在沿途摆摊,贩卖些食物、生活用品,赚取微薄的用以糊口的铜板。

算命先生的摊位边，算命先生戴着西洋眼镜，鼻子下面两撇假胡须，打扮得十分夸张，颇具喜感。风雨中的苦力，却在烈日之下挥汗如雨，偶有歇息，凑在一起卷个纸烟，吞云吐雾。

此时，白山黑水的东北三省，土匪遍地；逃荒、躲避战乱的人们，来的来，去的去。富贵商人与贫困百姓共存，军阀与匪患层出不穷，更多的百姓生活在水深火热之中。

穷则思变，有识之士必然想到：要过上好日子，必然是要在乱世中杀出一条血路，闯出一番天地。

深夜，吉林省怀德县大泉眼村内，一所宅子依然透着灯光。灯光之下，是一个叫于文斗的男子，此时，他正埋头于灯下，一手拨弄着算盘，一手翻着账本，寂静的屋子，传出拨算盘珠发出的清脆响声。

妻子于钱氏安静地斜倚床畔，她想到自己昨夜做的好梦，心中便欣喜万分，恨不得立刻将这个消息分享给丈夫。

这个男人，她越看越喜欢。虽然丈夫貌不惊人，却浑身充满了能量，有他在，自己的心里便极为安妥。

她亲眼见证着丈夫在这些年的风风雨雨中，通过奋斗，使家业不断扩大，人脉日渐广博。外面战乱纷飞，他们家却能偏安一隅，足见丈夫的能力之大，格局之广。

想到此，她的眉梢又挂上了一抹温柔。

追溯其源，于文斗祖上乃是山东省登州府海阳县司马庄人氏，于家祖辈在乱世中讨生活。

纷飞的炮火，开荒的岁月，无情的自然灾害都没有击退于家祖辈、父辈们生存下去的勇气和决心，于氏族人经过几代人的耕耘，终于在这片白山黑水之地生存了下来。

也是在这动荡的时代，于家迎来了新的生命——于文斗。

于文斗出生在梨树县蔡家镇大榆树村。他自幼聪明过人，学什么都快。机灵能干的于文斗既跟随父亲下田农耕，学习各种农业知识，又随父亲去市场买卖，习得经商之术。

于文斗长大成人，他不断思索：上辈靠着开垦土地置办下的家业，并不能使家庭兴旺。他清醒地认识到，乱世之中，置地务农，存有隐患，并非安身立命之根本，经商或许更容易闯出一番天地。

沉稳干练的于文斗果断地迈出经商的脚步。凭着过人的胆识，卓越的理财能力，清同治元年（1862年），于文斗在昌图府辽源县（今双辽市城区）开始了经商之路，创业之路。

双辽市城区原称郑家屯，位于吉林省西部、双辽市境域西南部，地处吉林、辽宁、内蒙古三省（区）交界点。郑家屯自古以来就以"辽河航道要冲""兵家必争之地"和"东北重镇"而闻名全国。

清嘉庆初年，蒙古东部的阿鲁台·瓦剌被邻近部落打败，酋长奎蒙克斯哈达逃往黑龙江省嫩江避难。同族的达尔罕王为了扩大自己的势力范围，把西辽河两岸划为自己的牧区。同年，温都尔郡王把辽河西岸3公里内划为开放地，允许一部分蒙古人开荒种地。

清嘉庆元年（1796年），温都尔郡王见辽河两岸来往行人越来越多，便派一个蒙古人在郑家屯开设旅店，接待来往客商。这个店主叫正月，汉族人都称他为郑月。也有人说，是一个汉族人郑某在此开店。总之不论店主是蒙古族人，还是汉族人，这个旅店的生意越来越大，人们都尊称店主为郑爷，旅店就叫郑家店。由于郑家店买卖兴隆，许多人家都愿意在旅店附近落户，周围住户逐渐增多，形成一个大聚落，人们就把这里叫郑家屯了。

清同治元年（1862年），温都尔郡王把郑家屯西北10公里、今那木斯蒙古族乡（驻后金力）白市村辟为牲畜市场。次年开始放荒，又有许多汉族人相继来这里安家落户，有的还开设商店、旅店、牛马市，这一带的人口日益增加，村落也多起来，渐渐成为边外西辽河流域物资集散之地。

在温都尔郡王一族中有两个人，一个叫三喇嘛，另一个叫八梅伦，二人为了筹钱抵债，又把郑家屯附近郡王所有的荒地大片出卖给了汉族人。大批法库门（今辽宁省法库县）、奉天（今辽宁省沈阳市）、锦州等地的商人、无业游民闻讯纷纷赶来，移居此地。

有些人和本地的蒙古人一同开辟牛马市场，建造房屋，铺筑市街，使郑家屯初步形成了今天长方形格状街区的格局，并分成南街和北街。南街多为商贸店铺，成了商家汇聚之地，北街是官府和居民区。

当年的郑家屯，"商贾云集，日兴夜繁"，已经是远近闻名的繁华集市。打这以后，郑家屯又有了"买卖街"的称号，又有人把"买卖街"和"郑家屯"捏在一起，管这儿叫"郑家街"。

清光绪元年（1875年），清政府设置梨树、康平两县，郑家屯属于康平县。清光绪六年（1880年），清政府在郑家屯设立分防主簿。清光绪二十八年（1902年），设辽源州，衙署驻郑家屯，隶属于昌图府。这时郑家屯已有大小店铺300多家，人口万余。

当初，为避战乱，于文斗在大泉眼村建起了"目"字形三进四合院，家里有50多口人、60多间宅子，还设有私家学堂、粮仓、浴池等。

随着商业的不断发展，于文斗在郑家屯建有241间宅子，创办了"丰聚当"钱庄，经营粮栈、油坊、酒坊、皮毛行、布庄、茶庄、铁木社、杂货铺、食盐、木材、土地等多种产业，可谓富甲一方。

他同时低价收购落魄贵族的土地，开疆扩土，结识有识之士，广交人脉，并大笔一挥，豪气地将"丰聚当"钱庄改为"丰聚长"商号。

有名气，有财气，声望自然也会尾随而至。此时的于文斗威望极高，各地商会纷纷推选他为商会会长，于文斗顺利当选梨树县等地的商会会长，周旋于官商之间，调和商家之间出现的各种矛盾纠纷，为各个商号谋福利，各商会掌门人无不对他心怀敬意，他成为当地德高望重的"于会长"。

时值1898年农历五月初七日（关于于凤至的生年，海内外历来众说纷纭，有"1897年""1898年""1899年"等说法。本书综合学者研究及张学良回忆，采用1898年说。——编者注），温柔的夜风透着一丝凉意，院中的草丛，虫鸣阵阵，灯下，一些飞蛾盘旋不去，屋子里拨打算盘的声音突然停了下来。

于文斗从一摞账本中抬起头来，他伸了伸久坐麻木的腿，一只手不由在肩膀上揉搓着，目光移向妻子的方向，恰巧与妻子投过来的目光相遇，妻子不由地将自己梦见有凤凰飞至于家梧桐树的梦境告诉了丈夫。

妻子说得像煞有介事，于文斗则偏过头，随手翻着手边的一摞账本，不以为意。

次日，阳光普照大地，公主岭南崴子镇大泉眼村中的于家宅第显得颇不宁静。

在这深宅大院内的一间厢房里，时不时传出一阵痛苦的呻吟声，下人们一个个脚步带风，拿着毛巾的、端着盆的，进进出出。

伴随着一声响亮的婴儿的啼哭，一个女佣飞快地奔至外厅，向于文斗报告了他喜得千金的喜讯。

在厅内不停踱步的于文斗听到这个消息，停下了脚步，身边的大儿子凤彩，二儿子凤翥拍手欢庆。

第一章　鸣凤于飞

于文斗望着窗外的梧桐树，宽大的叶子间有点点碎芒透过，院子里有因被暴晒而产生的干裂气息，他疾步走向夫人的房间，那呱呱坠地的婴儿，已经被清洗干净，轻轻包裹着，安置在母亲身边，她似乎也在等待父亲的来临，安静地眯着细长的眼睛。

屋内稍显闷热，疲倦的于钱氏看着丈夫渐渐走近的身影，勉强挤出一丝笑意。

产婆将婴儿轻轻抱起，送至于文斗面前。于文斗接过女婴，半虚着怀，将这个刚出世的孩子倾斜在臂弯，低头凝视。

这初生的孩子，五官端正，弯眉细眼，像娇嫩的花蕾，又似初升的新月。

于文斗伸出一只手，用指腹轻轻抚摸着孩子娇嫩的小脸，孩子出生，名字是要起的，两个儿子都是"凤"字辈，凤彩、凤鼐，这个新生的孩子，名字中当然应有"凤"字。

想及夫人所说梦境，他遂为这个女儿起名凤至。

于家有女初长成

一方山水一方风情，一方水土养一方人。怀德县历史悠久、文化厚重、民风淳朴，城镇之中，建造有普济寺、城隍庙、兴隆寺等八处建筑，被后人称为"怀德八景"。

它们承载着怀德独具一格的文化气质。登上古城远眺，寺庙和楼阁，斗拱相交、狼牙重檐、四角反翘、青砖砌墙、灰瓦覆顶，一个个砖、石、瓦、木结构建筑跃然眼前。

清朝入关后，在东北建立了柳条边，防止关内人进入东北腹地。

他们最初的想法是，一旦在中原站不住脚，就撤回东北。但是，关内人一直觊觎东北肥沃的土地，很多人就偷偷摸摸地跨过柳条边，进入吉林、黑龙江等地。

怀德县，正好地处柳条边之外，所以聚集到这里的人很多。用清政府的说法，这里是"盗寇出没"之地。

基于此种情况，清朝在光绪三年（1877年）设立了怀德县，希望这些"顽民""怀之以仁德"，故名为怀德。

这里的土地孕育了绿树、庄稼和蔬菜，这里的河流陪伴着浣衣的女子、捕鱼捉虾戏水的孩童，也滋养着小凤至。

在这个独具特色的小镇，小凤至在父母的宠爱之下，享受着无忧无虑的童年时光，渐渐长大。

于文斗半生闯荡，十分清楚读书的重要性，虽然是女孩，也不能被娇惯成无用的小公主，而应该接受良好的教育，成为独立自主，有思想、有能力的女子。

于凤至5岁这年，于文斗将她送到当地私塾学习中华传统文化。

小凤至跟随私塾先生先识"方块字"，再学《弟子规》《三字经》《百家姓》《千字文》等。正是这些经典的国学教育，启蒙养正，使小凤至小小年纪便受到良好的熏陶。虽然她对深奥的内容似懂非懂，但她乖巧、懂事，尊亲敬长，宽厚待人，于文斗深感欣慰。

于文斗的生意日渐扩大，他将全家迁至郑家屯，小村的私塾已远远不能满足他对孩子教育的要求。

为了让于凤至接受更好的教育，他送女儿师从当地才华出众、为人称道的儒学名士——董天恩，此人是前清举人，学问颇为深厚。

就这样，小凤至跟随董天恩继续学习。

小凤至的内心浸润在"何日归家洗客袍？银字笙调，心字香烧"，

"袅情丝吹来闲庭院","鸟欲高飞先振翅,人求上进先读书"这些充满文化底蕴的诗词歌赋中;浸润在"四书""五经"那内含安身立命、治国齐家及交往之道的知识海洋里。

"天行健,君子以自强不息"的坚韧影响着她;"仁者爱人"的忠恕使她内心广博,满怀仁爱。

优良的学习环境中,她耳濡目染,深受影响——既有超越同龄人的见解力与洞察力,更有纯良的品质、豁达广阔的气度。

优秀的孩子自然深受老师的喜爱,董先生对这个聪明灵慧且勤学善思的爱徒,时常发自肺腑地表扬。对于老师的表扬,小凤至却一点也不骄傲,全当是对自己的激励。

父亲又请了两位教音乐、绘画的先生到家中授课,专门辅导于凤至。

就这样,性格温厚的于凤至学习上出类拔萃,生活中聪明乖巧,体贴父母,体谅家中下人的苦楚,对人温和有礼,深得大家喜爱。

不断的学习使于凤至内心充盈、仁厚,她每每吟歌赋诗、习字创作,都被当成范文,展示给同去学习的孩子。渐渐地,她的才华为更多人所知,当地人都知道于文斗家中的小姐不简单,"才女"之名也渐而传扬开去。

于凤至10岁那年,于家邀请董天恩到家中做客。席间,大家把酒言欢,并以对对子助兴。

董天恩既为人师,自然不忘记要展示爱徒的文采,他乘着酒兴,书"新年纳余庆"一联,同座的长辈纷纷让自家孩子应对,只见孩子们面面相觑,抓耳挠腮,苦思冥想,凤至则不慌不忙,微笑不语。

董天恩望向凤至:"你可对出下联?"

凤至凤眼微扬,胸有成竹,挥毫写就"佳节号长春"。

此对对仗工整,意义非凡,加之凤至的书法娟秀潇洒,大家连连称赞，对凤至更加刮目相看。

宣统元年（1909年）正月十五日，当时的洮昌道尹贺至璋，在县衙门前搞了个猜谜活动，影壁上贴了无数红红绿绿的谜条。晚上，11岁的于凤至和几位师妹逛灯到此，影壁上的谜条都已被别人猜中，仅剩一张粉红色的纸条，孤零零地挂在那里。

于凤至决心破这一灯谜，周围的人却说：全镇的文人名士都猜不出，难道你个小女子有什么本事？

当时，洮昌道尹也传出话来：哪个人猜中此谜，定要破格赏赐。

最后当他听说揭灯谜的是个11岁的孩童时，不禁大吃一惊。贺至璋命侍卫将于凤至请来，对她说："不管猜中与否，你敢揭我的灯谜就有志气！谜底是一味中药的名字，你说谜底吧！"

于凤至开口说："我猜这味药，就是三七！"

她猜对了。

贺道尹万分惊奇，随后他又问了一些谜格，于凤至都对答如流。贺道尹这才相信面前这位小姑娘的确是本县的一位"奇才"。

贺道尹亲自给"丰聚长"送了一块"僻壤奇伶"的红底缀金横匾，以褒彰于凤至的过人才智。

自此，不仅郑家屯的老老少少，更兼周围的乡镇，都知道于家府上出了个才学过人的"金凤凰"。

面对赞美声，于凤至并不沾沾自喜。书海的熏陶，使她小小年纪便具有不慕名利、宠辱不惊的品质。

琴、棋、书、画，于凤至样样都学，样样苦练。"出淤泥而不染，濯清涟而不妖"的荷花是她最喜欢画的，或许，正是荷花风度高雅，秀丽端庄的品质，使她着迷。

11岁的于凤至也如荷花般亭亭玉立，清雅可人，毫无媚俗之气。

欲说还休

这天,家里来了一个客人,这个人的出现,将她的命运从此和另一个男人联系在了一起。

这个人便是大名鼎鼎的张作霖。张作霖与于文斗早年结识,并拜了把兄弟。

据于凤至回忆:"当时的驻军一度住在粮店,驻军统领张作霖和我父亲结识,相交很好,拜了把兄弟。张作霖看我读书很用功,常夸我是女秀才。"

1911年,清朝灭亡,张作霖旋任陆军第27师师长,成为奉天最有实力的人物。

一般的人,权力大了,地位高了,眼睛都盯着下一个更大的目标,一些对未来作用不大的故人往事都渐渐淡出了记忆。张作霖不是这样的人,对有恩于他的人,哪怕一点点恩情,他也始终牢记在心,并千方百计地从亲历的往事中汲取对未来有用的营养。

随后的日子,张作霖在东北渐渐立稳脚跟,身为张大帅,他依然会带着小队随从来到于府做客。

1913年,于凤至以优异的成绩考入奉天女子师范学校。年少的她从小镇来到当时的东北第一大城——奉天,来到一个陌生的环境,并没有表现出丝毫慌乱。

在奉天,于凤至接触到了西方的文化教育体系,接触到了家庭以外更为广阔的天地。

师范教育学习的内容与她从小所学出入不大，需要学习的主要课程包括修身、教育、国文、史地、家事等，于凤至自小文化基础就学得扎实，在学校，简直就是学霸的存在。

新的学习环境里，教室是新式的，老师着装也大多是西式服装，或是改良的中山装，学校里还有各种新式运动：网球、排球……

新的知识带给于凤至更宽广的视野，她在这里尽情享受着新的环境带给她的新鲜，也尽情舒展着自己的青春，并以优异的成绩于奉天女子师范学校毕业。

1915年夏天的一天，于文斗从镇上请了一个颇有名气的先生给孩子们算命，张作霖正巧来拜访于文斗。他一时好奇，便在一旁看算命先生念念有词。

于文斗将两个儿子的生辰八字递给老先生，老先生掐指算来，说得头头是道，但张作霖听来，这两个孩子的命运很是一般，他正准备离开，于文斗将身边正为大伙儿续茶的女儿于凤至唤来，请先生也来算上一算。

算命先生先看了于凤至的面相，又对她的生辰八字细细推算，边算边频频点头，啧啧称叹，最后郑重地说，于家女子有贵人之相，是福禄之命。还大说特说了一番，告诉于文斗，此女乃"凤命之姿"，若送进宫里必定是节节高升，称后方止。再不济也必能嫁入豪门，锦衣玉食。

于文斗听得此言，又将当初妻子的梦一一说来，算命先生更是得意，自己所言不虚，这个女孩果然是"凤命"。

张作霖一旁听着，脑子里突然闪过一道念头：这女娃既然是"凤命"，我家正好有"虎子"，虎子凤妻，若我儿得此女，岂不是如虎添了"翼"？

"福禄深厚，乃是凤命"，他深信，自己的"将门虎子"张学良如果与"凤命千金"的于凤至结合，一定会给儿子乃至全家带来大富大贵。

况且，张作霖平素见于凤至，这个女孩子在他的印象中聪明乖巧，知书达礼，没有丝毫富家女孩子的娇纵蛮横，如果儿子能娶此女为妻，必定能镇得住宅子，今后也一定能成为儿子事业发展中的左膀右臂。

张作霖越想越高兴，而且，身经百战、阅人无数的张作霖，对这门亲事还有更长远的计划。

如果与于家联姻，这位东北的商业大户，有着雄厚的资金，自己要在东北发展军队，闯出一番事业，可就有了一个实实在在的大金库做保障，若能联姻成功，这强大的物资后盾将为他所用。

张作霖想到做到，趁酒过半酣，气氛热烈，张作霖将自己家"虎子"想与于家"彩凤"联姻之事和盘托出，他热切地望着于文斗。

于文斗一听这话，愣了一下。张作霖赶紧将自己儿子张学良的情况说了起来。

于凤至后来回忆此事："他向我父亲提亲，说他大儿子汉卿很听话，肯上进，将来也要在军队发展，需要我这样的女秀才帮助。"

于文斗此时酒喝得正有点上头——他可从来没想过让自己的女儿和军阀家的少爷扯上关系。

此时，张作霖殷切的目光、不容置疑的态度又让于文斗左右为难，毕竟这可是孩子的终身大事，孩子尚小，况且连对方孩子长什么样子都不晓得，如何就能将终身托付呢？

于文斗转念又一想，张大帅也算是和自己拜了把子，可谓生死之交，如果两家联姻，修秦晋之好，那也是强强联手，锦上添花。

于凤至此时并不知情，天真少女哪里想到，父亲与那个赞她是女秀才的男人正在推杯换盏间决定她的终身大事。

于文斗斟酌再三，找了个托词，张作霖也不急于一时，先把自己的心愿放出去，毕竟提亲之事，也不能随意，要找人专程上门提亲才是。

况且，孩子们对于这样的包办婚姻是否配合？如果于凤至不答应，这亲事怎么办？

至于自己的儿子，张作霖也颇有些担心，这小子，性子烈，接受着新式教育，在奉天，还有许多女孩子在拼命追他，他愿意接受自己的安排吗？这一切都是大大的问号。

第二章

固守与别恋

在这特殊的时期，这些岁月中的人物，似乎都被一些传说涂上了一层色彩，即使形形色色，新与旧，也莫名的和谐。

于凤至眼中，他们的婚姻正是青梅竹马、自由恋爱的结果。

姻缘与父命

爱情应该是自由自在的，而自由自在的爱情才是最真切的。

于文斗与张作霖酒酣耳热之际的闲谈，被他们身边多嘴多舌的丫鬟传给了于凤至。

提到张家，她立刻明白，就是经常到家里做客的威名赫赫的张作霖张将军，可是，他家的大公子是何许人？

只有以爱情为基础的婚姻才是合乎道德的。对于素未谋面、一无所知的男子，父亲就要将自己的终身大事给敲定，于凤至心里很是吃惊。

尽管如此，良好的教养让凤至并没有兴师动众地去向父亲刨根问底。她只待父亲亲自告诉她此事详情。

一个寂静的午后，于文斗将女儿唤至身旁，看着女儿出落得越发雅致，脸若银盘，眼似水杏，唇不点而红，眉不画而翠，想到女儿的姻缘，于文斗脸上不由露出了笑意。

他捻须含笑，告诉女儿，张家提亲，男孩子可是一位马上安天下的军人，年轻有为，前途无量。

于凤至闷闷不乐，这明明就是包办婚姻，对于接受过良好教育的她来说，包办的婚姻是可悲的。

于文斗见女儿不悦，便告诉于凤至，他已向张作霖回复，孩子的婚姻需要她自己决定。

"张作霖竟然同意这说法，他叫汉卿来郑家屯住住，让我们两人相处熟，自行决定。"于凤至后来如是回忆起此事。

亲事虽然是两家大人的意思，但哪个少女不怀春？于凤至也不例外。自从得知父亲有意将自己许配给张家大少爷这件事，她的心里也会悄然泛起涟漪。

每每独坐院前树荫之下时，凤至的心中会自然而然地涌起一种期待：期待这份爱情能够成为天长地久的拥有；期待苍天不辜负相爱的愿望；期待那个骑白马的男子待她以真情；期待爱情之花自由开放，叶茂花繁……

对于张于两家的亲事，于凤至这边的思想工作基本被于文斗做妥当了。

张学良那边，虽然父亲张作霖当初和他略有提及此门亲事，但毕竟只是一说，尚且没有上纲上线，张学良全当是戏言，即使如此，他内心也时常会觉得有一道阴影时不时像猫爪子似的挠他一下，令他很是不爽快。

张学良希望父亲只是戏言，他内心对这件事相当抵触。

自己是什么人？一个热爱自由、追求新鲜事物、喜欢洋派的翩翩公子，怎么可能娶一个乡下女人为妻？

可是，张作霖可不是普通的父亲。他幼时家境贫寒，没有正经地念过书，只读过一年私塾，知识匮乏，处事艰难，曾经闹出了许多笑话，所以深知不读书之苦。他下狠心，要让下一代学好文化，多多读书。

将门出虎子，这虎子，既要成为可以在战场厮杀、无惧生死的血性男儿，更要有充足的知识储备，才能在更为广阔的世界游刃有余。

所以张作霖对长子张学良的期望非常高，也非常看重这个儿子。

张学良的家乡是辽宁省盘山县大荒村，这里算得上水土丰美，地广人稀，但由于此处地势比较特殊，处在几个县接壤地带，属于"三不管"地区，所以开发得晚，成为名副其实的荒乡僻壤。

当时，这一带流行着这样一个顺口溜，名曰"四大怪"："白天青纱帐，晚上撸锄杠；老少三辈对面炕；偷个'鸡鸡'怀里放；孩子生在大车上。"

头一句是说当时社会兵荒马乱，土匪横行，老百姓白天躲进高粱棵下，晚上再回家莳弄园田。第二句讲述了人们的居住习惯：为了冬天屋里暖和，许多人家都搭南北对面的炕，小两口住北面，老两口住南面，讲究一点的，则会在中间挂个幔幛。第三句则反映了当时的民风民俗：镇里有座娘娘庙，求子的人家会在每逢四月十八"娘娘庙会"上给"子孙娘娘"上香，"拜佛求子"，烧香磕头之后，一般都会弯下身去，用手摸摸娘娘脚下泥塑男孩的"小鸡鸡"，有的胆大些，趁势把它偷偷揪下、塞进怀里，带回家去泡水喝——传说这样就会生下男孩。管香火的庙祝则会把事先准备了很多的"配件"再次安上。最后一句，特指张学良，说他不是出生在床上，而是"落草"在大马车上，这也算是一个奇闻。

张学良本人回忆说："我，实际上不是在地上降生的，我是在车上生的。你看，我的头上都有疤。我们那时正在逃难嘛，我母亲生我在车上。"

旧历四月十七日（公历6月4日）这天，张学良的母亲赵春桂带着大女儿首芳，乘坐马车，从桑林子村胡家窝堡赶往张家窝堡她的堂侄赵明德家，乡村道路坑洼不平，颠簸剧烈，导致张学良在马车上出生，张作霖得知新得一子，想到后继有人，不禁喜从心来。

当时，张作霖带领的维护村子平安的保险队，新近又添人马，队伍壮大，自己当上了团练长，升官又生子，"双喜临门"，他遂为儿子起名"双喜"。

张学良幼时随母亲与姐姐居住在亲戚赵明德家。当时赵家分为三个院落，主人住东院和腰院；赵春桂带着女儿、儿子住在西院，当时叫西园子。

张学良自幼顽皮聪颖，用当地的话说，叫作"有道眼""鬼""心里有沫"。孩童之间做游戏，诸如老鹰捉小鸡、打瓦片等，无论是技术性的还是考反应能力的，张学良都会在孩童之间脱颖而出，成为赢家。

因为当时年成不好，生活条件差，张学良身体状况并不好，他在晚年回忆说："我小时候总有病，身体很不好，还吐过血，我能活下来，自己才叫感到奇怪。那时母亲也有病，没有奶给我吃，吃什么呢？就是把高粱米饭嚼碎了，呈糊糊状，用来喂我。我没想到，我还能活到这么大的岁数！"

张学良3岁那年，张作霖极为担忧儿子的身体状况，又极信迷信，特意带孩子去找算命先生为儿子算命。算命先生深知张作霖在当地保险队名气很大，便恭维张作霖"公子命相大奇，致身富贵，易如反掌"。又教张作霖如此这般，无非就是逢当地娘娘庙会，做些法事，再改个名字叫人去呼唤，以此改变命理。

"小时候，我身体较弱，母亲就把我送到庙里去做'跳墙和尚'。什么叫'跳墙和尚'？就是送到庙里去学当和尚，然后再跳墙跑掉。那天，我跳出墙后，恰巧听到有人呼叫'小六子'，所以，家人也就叫我'小六子'。我说笑话，那时如果有人喊'王八蛋'，那我的小名就叫'王八蛋'了。称我'小六子'就'小六子'吧。其实，我排行不是第六，而是第一。"张学良晚年如是回忆。

张作霖归顺清廷之后，分驻防在新民府，当了五营的统领，于是将妻子、儿女接到新民团聚。

从乡下回到县城的"小六子"此时已经5岁，他从未吃过香蕉，甚至没有见过铁路，如今，处在新鲜的环境，都可以见识到了。

转眼间，小六子到了入学的年纪，7岁时，张作霖请辽西名儒崔名耀给张学良正式取名。

因为西汉时有位开国元勋张良，崔先生便在中间加了一个"学"字，名"学良"，字"汉卿"。

张作霖深知学习的重要，遂以"学"字为后来的几个儿子取名：学铭、学曾、学思、学森、学浚、学英、学铨……

有名儒崔名耀的教育，加之天资聪颖，张学良学习十分轻松，很快学完《百家姓》《三字经》《千字文》以及"四书""五经"。

老先生阅人无数，如今教得这样一个孩子，很是欣慰。他对张作霖说："老夫阅人久矣！这个孩子有些特异的禀赋，长大了笃定是副牛脾气、虎性子，风生水起，涌荡波澜，会干出一番大事业来。"

张学良幼时顽皮、捣蛋，无拘无束，经常捉弄自己的老师，甚至不服父母的管教，有时看到算命、神婆跳大神之类，便想法子戏弄。有一次，帅府设宴请客，筵席上，酒、菜已经摆满，宾主正在举杯称觞，张学良发现席上没有自己的座位，便钻到桌子底下，猛然用头一顶，登时杯盘满地、酒肉翻飞。

这样顽皮的孩子，自然也会吃不少苦头，时常受父母的责罚。

1911年辛亥革命爆发后，张作霖铲除了当地的革命党，成为当时最有影响力的军阀之一，从而让自己的实力壮大，奠定了他"东北王"的地位。

第二章　固守与别恋

张作霖带着一大家子人浩浩荡荡地搬到奉天，也就是现在辽宁省的省会——沈阳。

张学良在奉天城渐渐长大。张作霖对儿子读书的事情一直非常关注。

我父亲当将军的时候，那时候有个袁金铠，到现在我都感激这个袁金铠，他帮我好大的忙。我的老师跟我父亲有关系，是我父亲家乡的，原来我父亲小孩子时跟他念书，我父亲对我的（这个）老师很看重，叫杨景镇。他出了一个题目做古文，我这个古文把他惹火了，他跟我父亲说你这个儿子我教不了，我不教了！

我父亲非常火。

那时候，我父亲当将军了，他的秘书长就是袁金铠，为这件事，我非常感谢他。我父亲要预备鞭子打我，给老师看，要打我，为什么老师走了？我那时候已经十七八岁了，那篇文章的全篇我记不得了，还记个大意。袁金铠就问，为什么生那么大的气？我父亲说我这儿子太不争气，写文章骂老师。

袁金铠说，学生写文章骂老师，也是很有意思的一件事，问我父亲，你看过他这篇文章没？我父亲说我没看。他说，好不好要来看看，我们看看好不好？就跟我要文章，我就拿出来了。什么文章？老师的题目是《民主国之害甚于君主》，我一开头头一句还记得呢，我在里面发挥好多，我到最后说，民主国之害甚于君主，说这话的人是坐井观天。老师说这句话是骂他。

这文章拿来一看，袁金铠就说，唉呀，这个先生教不了这个学生，这学生不是这个先生可以教的。

我父亲气就消下来了，就不想打了。

后来我父亲就说，你们是不是给我介绍一个先生？这样我就不跟那个老师念了。

我就跟着另一个先生，那个先生姓白，白永贞，后来代理过奉天的省长，他教了我一年多，不到两年，就跟我父亲去说，他说你不要你儿子念书了，他不是念书的料，不是一个坐屋念书的人，他要干什么，你让他干什么好了。

后来这个白永贞就辞馆走开了。

张作霖不仅关注张学良文学知识的学习，他还想到，在这新旧交替的时代，不仅要让功底深厚的学界名流为儿子奠定坚实的传统文化基础，还要让儿子学习更多新的知识，喝点洋墨水。

张作霖当时已经年近半百，肚子里没有几两墨水，要想再学洋文，简直是痴人说梦，但很多事，也不能全相信翻译的话，如此一来，儿子张学良学习西方文化也是势在必行。

他请来英文教师，由省城外交署的英文科长徐启东担任。张学良在奉天城里生活，父亲给他提供了良好的条件，张学良开始接触到一些外国领事馆和商务代办机构，了解各种新鲜事物。

全新的生活带着一股热辣辣的空气向他扑面而来，张学良接触到西方的文化，接触着金发碧眼的英国人、美国人，让他觉得十分畅快和欢喜。

为了更快地进入新世界，张学良学英语的兴趣与日俱增，英语水平不断提高。

穿着打扮方面，他也更趋向于穿挺括的西装，足蹬锃亮的皮鞋，执一杆手杖，出入于西方会所举办的各种活动。

西方文化的自由、开放吸引着他，也浸染着他，张学良还加入了奉天基督教青年会，结识了一些英美籍朋友和外籍专家、学者，进一步开阔了视野，增长了学识。

第二章　固守与别恋

日子一天天过去，张作霖虽然已成为中将师长，军中事务繁多，但每每见到张学良，他都会情不自禁地想起郑家屯的那位"凤命千金"。

孩子大了，他的终身大事，也必须有个说法了。

这天，一弯清月高挂天空，奉天（沈阳）大南门张氏帅府的后跨院厢房里，灯光摇曳，张作霖的身影黑沉沉地投在卧室的墙上，那里悬挂着草书——美人名马英雄胆。

他从一堆公文中抬起头来，看见一个身影闪过，正是张学良。

他开口唤住儿子并认真地看着他。儿子看上去英姿勃勃，十分潇洒。

张作霖的脑海里不由自主地冒出了于凤至那张安静贤淑的脸。

张学良垂首立在后跨院厢房，看着父亲的脸在昏暗的灯光下，影影绰绰，不由地猜测父亲唤住自己出于何意。

沉默片刻，张作霖招了招手，张学良来到近前。张作霖极为郑重地向张学良提起曾经为他许下的亲事，并要求张学良年后去相亲。

张学良极为抗拒，张作霖的脸半掩在灯影里，他看着儿子的态度，也明白儿子抗拒的原因。

儿子受过良好的教育，接受着西方文化的熏陶，让他娶那个面都没见过的"凤命千金"的乡下女子，孩子有抵触情绪也是正常的。

张作霖出身草莽，虽然如今身居豪宅，跻身上流社会，但骨子里依然霸道十足。家中所有人都得仰其鼻息，听从其安排。他把部队中的那套纪律落实到家中，为每个人都制定了严厉的"十准""十不准"，没有人可以在张家随心所欲。

尽管张学良非常优秀，接受着新式的教育，在父亲面前，他也不可能任由自己的性子行事。每次见到父亲凛然的模样，敬与畏就会像两只小兽，压制住他内心的蠢蠢欲动。

张作霖见张学良有抵触的情绪，眉毛一竖，丝毫不给儿子反抗的余地，再一次要求张学良去相亲，并承诺说："若是你肯娶凤姑娘进门，之后你在外面怎么花天胡地，我这做老子的一概不管。"

对于张作霖来说，男人除了原配之外，在外有别的女人实属再正常不过了。

张学良看话已说到这份上，父亲大概是不会再做出任何让步了，他垂首无言。

张作霖顿了顿，语意坚定地告诉张学良，这桩婚姻说定就定，他已委托黑龙江省督办吴大舌头（吴俊升）当媒人，旧历年一过，张学良就跟着吴俊升到古镇去相亲。

张学良愣了半晌，张作霖挥挥手，示意他离开。

张学良从父亲的小四合院出来，内心涌起一阵凄凉。他不能左右自己的婚姻，满腔悲愤无处发泄。他扬起拳头狠狠地捶向身旁的老树，树上积雪倏然飞落，他的手背上渗出殷红的鲜血，滴落在洁白的雪中……

少年才俊又怎样？帅座长子又如何？父亲吐口唾沫都是钉儿，张学良知道，胳膊拧不过大腿，纵使百般不愿，但父命难违。

在1916年新年的鞭炮声中，张学良一脸懊丧地踏上了去往郑家屯的路。

愿得一心人

爱情是美好的，古往今来，两情相悦的爱情总是让人为之心动。

司马相如爱上卓文君，弹奏《凤求凰》表达自己的爱慕之情，文君为之所动，当夜与司马相如私奔成都。爱情至此，看似皆大欢喜。

可是，爱情如果这般容易，便没有《白头吟》了。两人私奔，生计无着，当垆卖酒，卓王孙大为恼怒，不忍爱女抛头露面为人取笑，只好分一部分财产给她。而司马相如后来到京城向皇帝献赋，为汉武帝所赏识，司马相如在京城想娶茂陵女为妾，卓文君听到此消息，写了《白头吟》表示恩情断绝之意。

据传，司马相如阅毕《白头吟》，忆及当年恩爱，遂绝纳妾之念，夫妇和好如初。

于凤至内心深处，对爱情的认知一如卓文君。

她在心中静静等待百花争艳，千日红；她愿自己的爱情远度闻名，千里香。

日子飞逝，这天，家人通报，张公子要来郑家屯相亲，媒人吴俊升正是当年从沙漠中救出张作霖的人之一。

吴俊升曾在张作霖落难时对他施以援手，如今张作霖发迹，一跃成为威震一方的军阀，吴俊升被张大帅委以媒人之重任，必然要尽心把这件事办得滴水不漏。

当张学良的脚踏在郑家屯的大地上，眼前的一切，让他皱眉。所谓古镇，无非就是荒凉破烂的大屯子。

新年刚过，白雪皑皑，人迹寥落，街边矮房苍凉破落，地上牲畜的粪便随处可见，北风呼啸，大地苍茫，哪有繁华景象？这样的山水，怎么可能养出佳人如玉？

吴俊升热情地将张学良安排在自己在郑家屯的府邸住下，喜滋滋地去于家报信。

因父亲张作霖在这一带剿匪，张学良幼时和母亲赵氏住在新民乡下杏核店。虽然后来常听父亲提到水旱码头郑家屯，但对于于凤至，他毫无所知，亦毫无兴趣。

现在，他把自己闷在吴俊升的公馆里，闭门谢客，怎么也不肯去古镇西街于家去"相门户"。

对父亲这种把儿女婚姻当政治筹码的行为，他心里颇是反感：为了笼络达尔罕王，父亲不惜把二女儿怀英嫁给了达尔罕王一个半呆半痴的儿子为妻，断送了女儿一生的幸福；四女儿怀卿经张作霖包办，与张勋之子张梦潮成婚，一生忧郁；而自己的婚姻，何尝不是父亲的又一政治筹码？

苦恼的张学良在吴公馆度日如年，倍感煎熬，有时，他会换了便装，带着侍卫，在镇上闲逛。

这里，在他看来完全是穷乡僻壤，毫无让他心动之处。

在奉天城待久了，大城市的繁华，大城市的文明，使他对此时身处的地方充满厌恶。乡下的空气再是怡人，那些从身边一晃而过的乡下人，都入不了他的眼。

张学良躺在吴家的客房里，他双手抱着头，望着房顶，心中积聚着郁闷。如果真的去相亲了，岂不是就把这婚姻坐实了？虽然奉父命来到这偏僻小镇上，但自己如果不去相亲，于家应该也会知难而退。他这样想着，一跃而起，唤来侍卫，逛街、听戏去了。

于家自从知晓张家大公子要上门提亲，黎明即起，洒扫庭院，张灯结彩，满院子都在忙活，准备好好招待这位准姑爷。

日头初升，日上竿，渐渐西斜，后宅准备好的热气腾腾的酒菜渐渐凉了，可是始终不见姑爷的影子。

于凤至内心对这场包办的婚姻也不赞同。她虽然出生在这辽河边上的商埠之家，但才学过人，心性高洁，并不想高攀结贵——没有感情基础的婚姻怎么可能长远？

第二章 固守与别恋

虽然张学良是文韬武略的将门之子,虽然自己也有过少女怀春之梦,但家人们小心翼翼地在她书房门外张望,欲语还休的模样,让她的心里也渐渐阴郁起来。

转眼五六天过去了,于家并不曾见张学良登门,于凤至也不过是个情窦初开的姑娘,面对此事,她内心感到烦乱、惆怅甚至气恼。

正当于凤至在胡思乱想之时,母亲命人唤她,说是吴夫人来了,让她去见面聊聊。

于凤至早就认识吴俊升的夫人石氏,见吴夫人来此,端庄秀丽的于凤至上前问好。

吴夫人看着眼前的姑娘愈加端庄俊秀,忍不住夸她和张家公子结成一对,真是郎才女貌。

接着,吴夫人告诉于凤至,张学良来到郑家屯,到底还年轻,在奉天待惯了,到这个小地方,看哪都新鲜,整天跑街上玩,说书的、唱戏的、拉洋片的、打把式的,什么他都喜欢。

于凤至听到这个消息,并不欣喜,她心事重重,聪明的她可以断定张学良在郑家屯逗留了这么多天却迟迟不肯上门,必然是不乐意这门亲事。

饱读诗书的她,既温婉如水也心如明镜。在她看来,每个人的人格是平等的,对方如此轻慢自己,不懂礼仪规矩,就算是将门公子,那又如何?

于是,于凤至对吴夫人说:"伯母,我觉得明天让人家下聘礼还为时尚早,最重要的是需要让张公子和我先见一面。婚姻是人生大事,我不想让人家太勉强。我比他大三岁,我们两家又门第悬殊,硬捏在一起,双方都不顺心,这又何苦呢?"

吴夫人一听,从内心称赞于凤至,不愧是读过书的姑娘,考虑很是周到。

当晚，吴夫人回家，同吴俊升说明了于家的意思。

吴俊升一听，便与张学良进行一番商量，并发自内心地夸这个姑娘上得厅堂下得厨房，样样拿得起。

张学良听吴俊升这样夸一个乡下姑娘，心里却很别扭。他打骨子里就瞧不上小地方的女人，凭自己一个帅府公子，风尘仆仆来到郑家屯就是为了相一个比自己大三岁的管家婆？就是为了相一个能干家务活的女佣？在他看来，这里的姑娘能有什么出息？这个未曾谋面的女子在他心目中无非同他家粗使丫头一样俗气。

不过，既然父亲让自己来提亲，父命难违，明天去一趟吧。

但是，吴夫人却在此时把于凤至的意思转告他，让他不必谈论彩礼之事，大家只是见个面，婚姻之事不必强求。

张学良一听，正合他意。在他看来，这于姑娘对他也不热情，正好自己也不想相什么亲，既然如此，正好就有了不去于家的理由，他决定翌日返奉，无论吴俊升夫妻怎么劝阻，他都坚持自己的意思，第二天就带着手下踏上了归途。

张学良去郑家屯相亲，没有相亲反而不辞而别，张学良知道难以向父亲交差，所以从郑家屯回到家，他便告诉父亲，于家姑娘十分娇纵，百般刁难，拒收彩礼，弄得他很尴尬，所以亲事只能作罢。

知子莫若父，张作霖很是生气，把张学良臭骂了一顿。他告诉张学良，无论他使什么鬼花招，这桩婚事都是铁板钉钉的事。

政坛风云变幻，张作霖无暇顾及儿子的婚事，忙于处理各种政事，不知不觉，已至端午。这是中国的传统节日，无论城里还是乡下，有条件的人家大都会在这样的日子熬油糕、做香包、做花花绳，并以艾叶插门廊等。

这天，吴俊升从古镇来到奉天张作霖帅府。

第二章 固守与别恋

他媒人的使命尚未完成，此时一行，与张于两家的亲事有关。

吴俊升一进张府，张作霖什么都明白：亲事没谈成，完全是自己的儿子对这桩婚事漫不经心，才耽误了两家结亲。

吴俊升告诉张作霖，于家今天进城，于文斗是来进货，闺女于凤至随父前来，听说是走亲访友，买些文化用品，他们俩就住在中街路南的天益堂药房。

张作霖一听，大喜。上次儿子去相亲，连面都没见着，既然于家父女已到奉天，一定要请他们到帅府来一趟，也好让全家人都看一看于凤至姑娘。

吴俊升领命，将此事告之于文斗。于文斗征求女儿意见，说不如去张府一趟。

于凤至却说，于情于理，张学良都必须先到自己家，上次他去郑家屯，不辞而别，如今自己和父亲去他家，会引起别人议论，人家会说于家巴结豪门权贵。

吴俊升见于凤至不愿意去张府，只好和于文斗私下商量一个两全其美的办法：让张学良假扮卖字画的先生，去天益堂药房卖字画，让两个孩子互相认识，没准能擦出火花来。

吴俊升回来，先是和张作霖细说此事，又将自己和于文斗的办法说给张作霖听，张作霖连连点头，并且由衷称赞于凤至是个有志气的丫头，当即把张学良叫到跟前，又训斥了一番。

吴俊升为了打破僵局，又对张学良说了自己的办法：让张学良假扮卖字画的掌柜，见一见于凤至。两个人如果互相看中，就彼此相处，如果看不中，也不会引起尴尬。张学良对这门亲事本来就不上心，此时又提，他依然不肯。但惧于父亲威严，便应允见面可以，但不能公开自己的身份。

这天，天气炎热，吴俊升带着于凤至来到一爿画店。张学良端坐店中，见一女子娉婷而至，不由一惊。待对方走至近前看去，女子眉眼细长，皮肤洁白细嫩，俏丽若三春之桃，清素若九秋之菊，眉梢眼角隐藏秀气，音容笑貌显露温柔。

见惯了奉天城里的名门闺秀，初见于凤至，好似一股清流，让张学良怦然心动。

于凤至也并非等闲之辈，她隐约感觉这画店老板气宇轩昂，英姿勃勃，那气质完全不像画店老板，又想及吴俊升几次相约，心中隐约有些明白。

张学良出示扬州八怪之一郑板桥的《竹兰图》，想考一考于凤至鉴别画作的水平。

于凤至自幼深得父亲于文斗喜爱，父亲每日从商号回来，都要抱起于凤至亲一亲，嘴里嘟囔着"凤儿、凤儿"。空闲时间，他总会拉着凤至一起把玩家里的古董，辨认翡翠的成色，鉴赏画作的真伪。

于凤至经过多年学习，鉴赏画作的功力深厚。张学良不仅没有难倒于凤至，还被眼前这位女子渊博的学识彻底征服。

于凤至离开画店后，张学良兴奋不已，于凤至的形象像影子一样跟着他，在他的脑海里打着转。

张学良再也按捺不住心中的激动之情，他亲自登门造访，没想到于凤至听说是他，却找借口避而不见。

张学良冷静下来，回想两个人一路走来，这才幡然醒悟。那个自己曾十二分不乐意的"包办婚姻"，那个自己一直认为的"乡野村姑"，不仅风姿绰约、温文尔雅、落落大方，而且她的学识人品，她的言行举止之中的大气与淡定既让张学良心慌意乱，又使张学良怅然若失。

张学良此时对这位乡下姑娘着了迷，他抑制不住自己的激情，挥毫给于凤至写了一首《定风波》，表达对于凤至的爱慕、思恋和羞悔交集的复杂心情：

洛滨子建适遇卿，仙妹朗丽似月明。赴郑相亲何鲁莽，狂妄。险些草率碍玉成。僻地择妻实懵懂，父命。旧习媒妁气不平。焦渴欣逢三月雨，天霁，彤云归去是彩虹。

《定风波》传到于凤至手里，于凤至那颗已经冰冷了的芳心，被张学良的一笺小词融化，重新燃起了爱情之火，于是也和着张学良的那首《定风波》填写一词——《太常引》：

两家爱好定丝萝，大事必须斟酌。百岁鬓厮磨，只一面轻言定夺。悬殊门第，年华相异，学浅慢公婆。望尔再三思，君莫拟，南辕北辙。

张学良读罢诗笺，心潮澎湃，对方叫自己三思而行，一定是对方对自己当初古镇之行还心存芥蒂，对方对自己所表达的爱慕之情表示不信，我该怎么做才能让对方回心转意呢？张学良在院子里来回踱步。

于凤至自从将自己的意思传达给张学良，她内心也忐忑不安。那日画店一见，张学良英俊洒脱的模样，也刻进了她的心里。

于凤至不见张学良，其实她是在赌，赌张学良对她的感情是否真诚。

这等待的日子，使生活变得十分难熬。

好在这样的日子没有持续很久，这一天，张学良再也忍不住了，他突然闯进了于凤至的家中。当时于凤至的家人都在，于凤至看着男人英俊的脸庞，内心十分紧张，紧张到脑子一片混乱。张学良则当众向于凤至及她的家人表明了自己愿娶于凤至为妻的态度。

守得云开见月明，静待花开终有时。两个人的这般爱情，所遇障碍，所受挫折，正是因为于凤至有着一颗坚定的心，有着对爱情不卑不亢的态度，有着对自我价值的清楚认识。她不看低自己，不将就婚姻，迎来了张学良深情款款地向她表明心迹。

"汉卿处处依着我，听我的话，他这种态度使我满意。当他接住我的手，说他永远听我的话，决不变心时，我点了头，这样才订了亲，我和他是姻缘啊！"于凤至如是回忆当时二人的情感状态。

随后的日子，二人你侬我侬，一起在案前俯身品评历代诗画文物，一起在乡间小路散步，他们也谈时政，说当下政治风云，家族故事……张学良常常被于凤至的真知灼见所折服，对于凤至更是刮目相看。于凤至长张学良三岁，在张学良心中，此时的于凤至，亦亲亦师亦友，他每见她，心生喜欢，眉梢心上都是"满意"二字。

于凤至内心是一个传统的女子，当初张学良在小镇上晾了她足足八天之久，如今相处，他的浪漫，他的细腻，他的温柔，他的重情重义、嘘寒问暖都让她沉浸其中，对他的爱意也越来越深。

张作霖见自家这个倔头倔脑的儿子如今恋着于凤至，乐不思蜀，便催促二人早日成婚。这正中张学良的下怀，于凤至听到这个消息也是十分欢喜。

张学良处处依着于凤至的心意，听从这个小姐姐的话，于凤至的心结终于解开，张学良终于得以用最盛大的形式——婚礼，向于凤至做出最郑重的承诺："愿得一心人，白首不分离。"

这何尝不是于凤至所要的爱情的模样呢？

席勒说：真正的爱情是专一的，爱情的领域非常的狭小，它狭小到只能容下两个人生存；如果同时爱上几个人，那便不能称作爱情，它只是感情上的游戏。

此时此刻，于凤至不会想到，这段美好的爱情也不过三年五年的事，晃晃眼，就过去了。

琴瑟和鸣

婚姻是一局围棋，双方的段位越近，棋局切磋的时间就越长。这种段位包含了学识、修养、性格乃至出身等因素。

说起来，张于两家段位相当，张学良和于凤至的婚姻，有军阀与财团联姻的味道。

于凤至的父亲于文斗此时经营的"丰聚长"不断发展，商号遍及东北。于文斗聘请水稻专家，大面积种植水稻，丰聚长稻米被定为御用大米。

他还开发辽河航运，以大辽河为运输航道，组建了丰聚长船队，在营口建立码头。丰聚长大米和众多农产品就是在营口码头用船只运往南方，并出口朝鲜、俄罗斯等国。

在清末，东北商界曾流传着"南岩北斗"之说，"南岩"指南有胡雪岩，"北斗"即指北方的于文斗。

这位东北商界的开拓者陪送女儿的嫁妆也是大手笔——那是两家银行，一处在沈阳，一处在锦州，分别叫富裕祥、庆泰祥，资财总计约有500万元之巨。

除了随于凤至嫁到张家的佣人，还有一个由9人组成的专事管理妆奁财产的庶务股。

当然，这些陪嫁财产大部分用于实业投资，奉天的服装公司和几个大字号就是于凤至的私产，奉天边业银行有于凤至一半的股份，这些产业直到九一八事变之前，都很兴旺。

张家得到的不仅是于凤至这个媳妇，还有于家这个财力雄厚的大金库。张作霖此时笑得合不拢嘴。

张于两家开始着手挑选良辰吉日，但婚礼应该在哪里举行却成了一个问题，困扰着于文斗夫妇。

张作霖则兴致勃勃地表态：儿子的婚礼，他要在奉天最好的酒店，邀请各界名流，热热闹闹地大办一场。

这当然也是于凤至父母的心愿，只是当地有一个风俗，因为张学良的母亲已逝世，作为长子，张学良的婚礼不宜在其居住地举办，而应在女方家的郑家屯举行，不然于小两口婚后的生活不利。

张作霖得知老两口的顾虑，答应得十分爽快，不仅同意婚礼在郑家屯举行，而且承诺婚礼仪式一定会办得风风光光。于凤至回忆起这段往事，感念公公张作霖对于家情深义重，对未来儿媳妇的看重："我们大了，对于我们的结婚，我娘提出汉卿的母亲已故世，婚礼要在郑家屯举办，张作霖也同意了。我爹当时念叨：'张家是讲情义，看重我们这老兄嫂啊！'我娘说：'这是他们看重咱们孩子，我也就放心了。'"

1916年农历七月初十一大早，郑家屯的大街小巷挤满了人。

于家在当地也很有影响力，街头巷尾早就传出丰聚长的大小姐七月初十举行隆重的结婚仪式的消息。

张作霖的五夫人寿夫人此次作为张家的全权代表，亲赴郑家屯为张学良完婚，这也是张府的一片苦心。

提起寿夫人，她在大学读书时就是学校校花，毕业典礼时代表毕业生献词，被出席典礼的张作霖看中，张作霖几经周折，抱得美人归。

五夫人不仅容貌出众，而且才智过人，到了张府，很快就接替二夫人卢夫人成了内当家。

此时，鼓乐队吹打着悠扬的曲调，一队人马沿街而行。一匹金鞍玉辔、红缨提胸的白马上端坐着身着礼服、十字披红、胸系红花的新郎官张学良。

新郎身后则是由二十四匹黑色骏马组成的方队，士兵们身着镶着耀眼金杠的绿色军礼服，胸前斜披着金丝绶带，两肩和帽顶嵌着金黄的穗子，帽子的前沿上插着高高的一支白色绒翎，看上去威武轩昂，虎虎生风。这套仪仗是吴俊升专门为张学良娶亲置办的。

张学良来到于府，行完交拜仪势，仍以鼓乐先导，向吴府出发。张学良依旧骑马，于凤至则由嫁娘陪伴，登上了以红绫彩带装点的玻璃马车，真正的结婚典礼还要在吴府进行。

就这样，张学良和于凤至在郑家屯吴俊升公馆，举行了隆重的结婚仪式。

新婚庆典之后，于凤至与张学良双双回到于宅，新婚之后的二人，在于宅相处甚欢。

在郑家屯过了一段时间，夫妻二人双双回到奉天，张作霖为他们在奉天又举办了一次婚礼。

1916年农历八月十四，是两家人千挑万选的良辰吉日，婚礼前几日，奉天各报纸都预先刊登了这对新人的照片，新郎英姿勃勃，新娘娇美温柔，媒体宣传，家世耀眼，这场婚礼注定是盛况空前。

奉天城内，位于大南门里通天街上的大帅府这天喜气洋洋，"目"字形三进四合院，门门有"喜"，柱柱披红，廊廊挂彩。军乐队精神抖擞，迎宾曲欢天喜地。

镶嵌在影壁墙正中汉白玉上的"鸿禧"二字格外耀眼夺目，红绸彩带自影壁墙两侧垂落至地面，喜气盈门。

大红地毯自帅府大门一路铺至正房门前，连门前的石头狮子也系上红绸，戴着红花。

婚礼开始，鞭炮齐鸣，新郎牵新娘之手经过垂花仪门，大红宫灯底座被缎带拉开，灯内彩色花瓣飘飘洒洒，落得新人满身、满头，仿佛无数新婚的祝福，看呆了一众嘉宾，热烈的掌声此起彼伏，礼花与掌声同庆，笑声与祝福共起。

婚礼由张作霖和于文斗的共同至交——东北军阀之一吴俊升主婚，奉系军阀张作相证婚，两位权要发表了婚礼祝词，对新人赠以祝福。各路名流悉数到场，恭贺新人新婚之喜。欢声笑语回荡在奉天城的上空，经久不绝。

于凤至内心既紧张又兴奋，身边挽着手的这个人，将是自己余生的伴侣，将成为自己生命中重要的人。

婚礼持续了足足4天之久，婚礼结束后，大帅府每日都是高朋满座，宾客络绎不绝。

于凤至周旋于各个席间，言行举止，得体大方，一时间让各界名流刮目相看。

婚宴结束，生活回归日常，此时于凤至18岁，张学良15岁。张学良因于凤至年长于他，称于凤至"大姐"。

婚前，张作霖为保护于凤至在婚姻中的地位，规定张学良不得将外面的女人带回家，虽然他自己有三妻四妾，但在对待于凤至这个准儿媳妇方面，他却是一个最有力的支持者，他的意思很明确：儿子的贤内助只有一个，那就是于凤至。

对所有夫妻来说，新婚生活如同即将开启一段新的旅程，当然是最甜蜜的时光。

此时，于凤至和张学良一样，他们对未来充满期待，在彼此心中也都是最好的模样。这新婚的感觉亦如欧阳修的《南歌子·凤髻金泥带》中所描绘的那样:"凤髻金泥带,龙纹玉掌梳。走来窗下笑相扶,爱道画眉深浅入时无?弄笔偎人久,描花试手初。等闲妨了绣功夫,笑问鸳鸯两字怎生书?"

哪个女子不渴望在爱人面前娇羞可爱、俏皮温柔?哪个女子不希望与丈夫两情相悦、亲密无间?

新婚的娘子与年轻的丈夫,在爱河里徜徉,形影不离。于凤至与张学良嬉戏、亲近、俏皮打闹,窝在张学良怀里享受甜蜜时光。

当然,曾经是父母的心头肉、掌上明珠的于凤至,不能如从前在家里那样无拘无束、无忧无虑地生活,她知道,在这个陌生的家庭中,面对错综复杂的人际关系,她要做一个贤惠的女子,凡事须得谨慎小心,三思而后行。

于凤至不由地思索着,她该怎样处理好与那么一大家子人的关系?公婆、小姑子、小舅子,甚至下人们,奉天大帅府中每个人可都不简单啊。

想及丈夫张学良——他以后必定继承父业,统领东北,她又该如何在事业上助丈夫一臂之力?

此时政海风波诡谲,形势变幻莫测,军阀混战不休,乱世之中,她暗下决心,在张家一定要做一个能辅佐丈夫的贤良妻子。

张学良对于凤至依然像婚前那般体贴、温存。

于凤至喜欢荷花,张学良便吩咐佣人在池塘中栽下各种各样的荷花;于凤至喜爱书法,张学良便命人买来上好的宣纸和笔墨;于凤至性格温婉、穿着素雅,他便投其所好,为她置办适合的衣物……

于凤至虽然什么都不缺,但丈夫这样待她,让她能感受到丈夫对自己的爱,并为此而感到深深的幸福。

公公张作霖对于凤至也极为喜爱，自从于凤至嫁入家门，他的事业果然蒸蒸日上，张学良的威信也节节攀升。

张作霖视这个贵气的儿媳妇为贵人，家中每有来客送的稀罕物品，他都会喜滋滋地命令下人送到大少爷房中去。

作为大帅府的少奶奶，于凤至在张家的举手投足，都显示着少奶奶所具备的美德，慢慢地，她的行为举止也愈发从容、干练。

她逐渐褪去了少女的青涩，女人的魅力开始彰显，一颦一笑，举手投足都是如诗的风情。

持家有道

张作霖一生共娶了六位夫人，张学良的亲生母亲、张作霖的原配赵春桂，出生于黑山县的一户富农家庭。与张作霖育有一女二男：张首芳、张学铭、张学良。

随着官越做越大，张作霖开始喜新厌旧，迷上一些年轻漂亮的女人，赵春桂一气之下，带着孩子们回老家居住。

1912年，赵春桂身患重病，张作霖并未去看她，她带着遗憾离开了人世。

当时的张作霖早已续娶了好几房姨太太，每一位都各有所长。

原配死后，按先后排序，二姨太卢寿萱便成了张作霖姨太太中的"大房"。

卢寿萱是一个教书先生的女儿，与张作霖育有两女，分别是张怀英和张怀卿。

成了正房后，家中一切事务便落在她的肩上。她识大体、知礼节，成熟而稳重，对待所有子女一视同仁，更是将年幼的张学良视如己出。她对丈夫忠贞不渝，将家务主持得井井有条。

张作霖对三姨太戴宪玉一度宠爱有加，将其他姨太太享受不到的宠爱都给了她。但戴宪玉脾气暴躁，数次挑战张作霖的底线，后被送往沈阳的一个寺庙带发修行，从此青灯古佛相伴，性子刚烈的戴宪玉一怒之下出家为尼，不久病逝，时年仅31岁。

四姨太许澍旸出身贫寒，从小与母亲二人相依为命。但她天生丽质，一次偶然的机会，张作霖遇到她，被她的美貌所吸引，将她娶进家门，二人育有二子二女，分别是张怀曈、张学曾、张怀曦、张学思。

许澍旸和二姨太一样，知书达理、平易近人、正直善良，进入帅府后，她一心想过相夫教子的生活。她教育子女颇有一套，对所有子女也都一视同仁，并教育他们从小自强自立。

五姨太张寿懿出身名门，是黑龙江将军寿山之女，自幼接受良好的教育，颇具大家闺秀之姿。她对年幼丧母的张学良也给予了关爱，凡事尽心尽力。

六姨太马月清，家境贫寒，家人为生计将她卖入青楼。六姨太是张作霖在天津看戏时认识的，张作霖将她带回府上，给了她一个姨太太的名分。张作霖不管去哪，都会将她带在身边。

张作霖姨太太诸多，家事自然烦琐，但众姨太太之间却能相安无事，可见张作霖在处理家事上也很有一套。

当初，他在娶卢夫人的时候，便给太太们立下了规矩，其中最关键的便是以下三条：

严禁夫人干预政事、吹枕边风。

严禁夫人聚众闲聊，以免滋生事端。

所有夫人地位相等，不分长幼尊卑。

关于这些事情，于凤至在《我与汉卿的一生》中曾提及："张作霖在军界中逐步发展，在东北以后，进军中原，想一统天下，在掌握北京政权时就任'大元帅'。汉卿的母亲赵太夫人早故，大帅的五个如夫人都住在帅府内，各居其所，自立门户，我们两人在府内立户自居。大帅将帅府的内外事务全都交给管家们管理，不许如夫人过问，更不许她们之间互相往来。汉卿自母去世，即由二夫人卢夫人照料带大，汉卿视她如母。汉卿和他姐姐、弟弟三人和卢夫人之女一块长大，感情很深。所以，始终嘱我要安排好卢夫人母女的生活。"

于凤至刚嫁入张家，自然会小心观察，了解各人情况，周旋在五个姨太太之间。五个姨太太见她识大体，顾大局，都非常喜欢她，且对她的学养、见识颇是赞赏。

张作霖见于凤至嫁入张家后，能在各种关系中游刃有余，是持家的好手，更是器重这个儿媳。

当时，因五姨太张寿懿出身好，知书达理，所以帅府的家事便转交给了她，家里主事、外出应酬都由她操持。卢夫人向张作霖建议，新媳妇如此能干，可以让新媳妇接手一些家务方面的事情。

张作霖本来就非常赞赏于凤至的能力和才识，于是，他把全家人集中在会客大厅里，先说了一通天下大势，又不失时机地挑明："这安邦定国的事，你们是牛犊子撑家雀——有劲使不上，可这齐家望族的事儿，就得靠你们了。如今咱家有了少媳妇，老五也该摘摘挂，享点清福了。"

就这样，张作霖指示：主内的事，让于凤至多操持些，外面应酬等事，还是由寿夫人担着。

于凤至神采奕奕，雍容华贵，是一顶一的少奶奶形象，成为府中名副其实的内当家。

此时，于凤至已怀有身孕，但聪明能干的她不遗余力地为帅府上下的吃喝用度负起全责，并把家中的三进四合院人员分配进行了一番调整，为全家人分配了住处，分拨了丫鬟仆役，院里院外，更加井然有序。她的举措充分显示了治家才干，全府上下无不称赞。

这天，于凤至前往四姨太许澍旸处看望她，许姨太虽然出身贫寒，但志趣高洁，喜读书，爱自立，并致力于培养孩子成才。

于凤至很喜欢四姨太，和她聊天中，听说她次日要过生日，想及公公张作霖立的规矩——无论哪位太太过生日都不准公家操办，每个姨太太之间不许私下走动，她有所思虑。自从进入帅府以来，于凤至总觉得，一大家子不互相走动，老死不相往来，缺少家庭应该有的和谐气氛。她想破个例，利用四姨太过生日这个机会，让一大家人能够聚在一起，热闹热闹。

于凤至将这件事先和五姨太商量，五姨太将家门规矩搬出来，表示自己无能为力，不能支持，于凤至不放弃，苦口婆心地劝说五姨娘："五姨娘，话虽如此，如今是凤至照料府卜的事，和你管时有所不同，你们都是同行平辈，而我是小字辈理事，首先就要一个孝字当头，比如将来你老过生日，凤至置之不理，那于情于理能过得去吗？""五姨娘，只需要你点一下头，事情由我去办，咱们共同担着，你看行不？"几句话说得寿氏怦然心动。

就这样，次日，于凤至将全家召集起来，为四太太过了一个隆重而热闹的生日。大家正开心时，张作霖回来了，热闹的寿宴一下子变得鸦雀无声，丫鬟忙掀起门帘儿，张大帅健步走入室内，见此情景，表情严肃，并把目光定在于凤至脸上。

于凤至虽然心中很是担心，但很快稳定神思，先向张作霖问安，并言明，自己操办四姨娘的生日，如果有错，全是她一人之过。

张作霖面无表情，有点愣怔。这个家，都是自己说了算，这个媳妇竟然敢打破家规，该如何处理？

但他十分看重这个自己挑选的儿媳妇，既然让她主内，儿媳妇没有一点权力怎么行？虽然敢于挑战家规，却也不失为一桩美事。张作霖思绪翻滚，静默良久，突然大笑，说头一次看到全家人这么高兴，都是凤至的功劳。

于凤至情商相当高，立刻说："若是办得好，全靠夫人、五姨娘的多方指点。"

于凤至处理问题的能力，使得在场的所有人敬服。张作霖也出了份子，将四姨太的寿宴推向了高潮。于凤至又趁热打铁，向张作霖请示：以后，每位姨太太的生日，都这么办，如何？

张作霖当即应允，全家人纷纷向张作霖敬酒，美言，乐得大帅八字胡翘上了天，并当众感慨，凤至这孩子是吉星兆命，她一定能给张家带来福运。

飞往光亮处

一个女子，嫁给自己心爱的丈夫，一般会选择相夫教子，乐在其中。对于凤至来说，可不仅仅是相夫教子这般简单，毕竟，她的公公是张作霖，自己的丈夫张学良，作为家中长子，生在这种家庭，绝对不能做等闲之辈。作为妻子的于凤至，从小就接受过优良的教育，又怎会成为丈夫背后的一抹若有若无的影子一样的存在呢？

1916年的中华大地，正处于社会风云变幻的时期，这一年，也是张作霖青云直上、飞黄腾达的一年。

说起张作霖，他能在乱世横空出世，也经历了诸多磨难。他出生于清穆宗同治十二年（1873年），少时曾入塾修业，父亲张有财是个游手好闲之徒。家中曾开小杂货铺，收入甚微。杂货铺倒闭，其父染指赌博，因欠赌债，被仇家债主害死。其母王氏带着4个孩子投奔到镇安县（黑山县）小黑山附近二道沟娘家，生活艰难。社会混乱，东北地区尤甚，张作霖混于社会，受过许多磨难，后改学兽医。张学良曾提及父亲张作霖混迹社会时的一些事：

那时候的草莽英雄，凡是有马的人，大多数都是有问题的，还有一种叫贩马的，就是偷人家马来卖，都差不多，都经过这个兽医，都在这个地方转手。所以这兽医呀，跟这些人最容易接触。因此，我父亲自然就认识一些草莽英雄。后来他们这些人，有些就成了我父亲的朋友。

这时候正赶上义和团变乱，东北没有政府了，政府人都跑了，地方都自保。村庄都自己自保了。

就是这个时候，我父亲起来的，这就是人家说他是土匪的原因。

但是我父亲并没有当过打劫那样的土匪。那他这叫什么？他就是跟他那些朋友，有十几个人，做"保险队"。什么叫保险？就是咱们唱戏的那话——坐地分赃。就是你这个村庄我给你保护，你那个村庄我给你保护，你每个月给我多少钱。如果有土匪来打你，有什么旁人在这儿经过，我负责给你打，但是你拿钱。

清光绪二十八年（1902年），张作霖被政府收编，任游击马队管带，遂升擢而为师长。就这样，张作霖由一个民团武装的头目摇身一变，而成为政府官军的一名军官。这是他人生的一个重大转折。从此，依靠这支武装，他便一步步壮大，进而平步青云、扶摇直上了。

辛亥革命后，张作霖仍效忠清廷，任"奉天国民保安会"军事部副部长，打击革命党人。后被袁世凯任命为第 27 师师长，镇压反袁的国民党分子。

1915 年 12 月，袁世凯称帝，改国号为"中华帝国"，建元洪宪，史称"洪宪帝制"。袁世凯洪宪称帝，遭到各方反对，引发护国运动，袁世凯不得不在做了 83 天皇帝之后宣布取消帝制。

张作霖在江湖已久，惯会相机而动，他看到窃国大盗袁世凯的帝制梦气数将尽，于是立即喊出"奉天人治奉天"的口号，在奉天驱逐了帝制祸首——奉天大头目段芝贵。

袁世凯四面楚歌，担心张作霖对他有悖逆之心，为了稳定张作霖，对他加官晋爵，任命他为盛武将军，督理奉天军务兼任巡按使。张作霖独霸一方的梦想如愿以偿。

6 月，袁世凯死后，黎元洪与段祺瑞掌握了北京政权。为笼络张作霖，又任命他为奉天督军兼省长。

张作霖在政坛叱咤风云，于凤至嫁入大帅府，作为儿媳妇，她一边管理大帅府的上上下下，一边督促丈夫张学良好学上进，这也是张作霖的期望所在。

张学良对打打杀杀并不感兴趣，他依然喜欢去青年会，与那些接受先进思想的人接触。

于凤至见丈夫总爱往外跑，一直不解。张学良却告诉于凤至，自己并不是刻意去当什么洋派人物，而是因为青年会里有很多品学兼优的人物，每个人都有很多真知灼见，自己和他们交往、聊天，感觉眼界大开。

于凤至很好奇，想知道张学良接触的到底都是什么样的人物。张学良为了让妻子长见识，便带着她坐上马车，出了大帅府，往奉天大南门里顺城街景佑宫方向而去。

张学良将于凤至带到大伙经常聚会的会客厅，并介绍于凤至认识了青年会的朋友。

这里有医师杜泽先，牧师华茂山，美籍干事普赖德，还有萧树车、张国栋、贾连山、阎宝航等，大家对于凤至十分友好。

这次到访，也使于凤至对基督教的青年会有了初步了解。青年会内设有德育部、智育部、体育部、群育部，它的宗旨是专门为青年基督教信徒补习功课，宣传科学文化，开展体育和文娱活动，并且藏书丰富，于凤至感觉自己步入了一个充满阳光的灿烂世界。

大家在一起畅谈，一起享用中西结合的午宴，饮着威士忌，无拘无束，海阔天空，既有对当下形势的分析，又有对东西方文明的介绍，也有关于未来世界发展趋势的讨论，这些话题让于凤至耳目一新。

经过这次聚会，于凤至对自己的人生有了新的想法，她觉得人活在世上就要有理想、有志向，要闯出一条路，靠父母、靠别人活着，人生并无趣处。

张学良见妻子支持自己与青年会的朋友来往，随后又多次带她去青年会交游。

于凤至和有作为的人相识，激起了她求知的渴望，可是，此时自己已经有孕在身，她决定争取公公和丈夫的同意，等生完孩子，去东北大学进修。

1916年秋，于凤至分娩了一个女婴，取名闾瑛，意为美玉，全府皆大欢喜。

青年会的朋友阎宝航、普赖德、韩淑秀等人闻讯也前来祝贺。张学良和男士们在客厅聊叙，韩淑秀则入内室看望于凤至及新生婴儿。

韩淑秀（1891—1925），辽宁省沈阳市人。1907年，入奉天（沈阳）女子师范学堂学习。1910年，加入奉天基督教青年会，信奉基督教。她反对歧视妇女，提倡妇女关心国家大事，主张推翻清朝的帝制。她与于凤至相识相熟，彼此有很多共同话题。

于凤至从韩淑秀口中得知，阎宝航明年师范毕业后，想和她联手创办一所贫儿学校，使孤独和贫穷的孩子能够得到良好的教育。

于凤至的内心涌动着一股热流，她也想为那些贫苦的孩子们做一点贡献，于是主动提出，办学的事也要献上自己的一份爱心和力量。

韩淑秀将于凤至的意思转达给阎宝航，阎宝航非常激动。他说："提到创办贫儿学校，不只是因为我与郭将军、韩女士都出身贫寒，同有一种物伤其类之怜悯，而是出自强国强民之长远之计。""我看到一位日本人写了一本提倡社会主义的书，里面竟有这样的话：当夕阳西下，散步郊野，但见断碣残碑，荒冢垒垒时，不由想到其中不知埋了多少英雄，他们无机会发展为天才，造福人类……书读至此，我大为动情，贫儿中就没有能成为中华民族脊梁的天才吗？有，大有人在，只是他们没有条件去接受良好教育，才沦为俗人。所以我觉得在教育方面只是改良私塾已非上策，必须有一种新的教育方式，于是我产生了为贫苦失学儿童开辟读书出路的念头。"

待阎宝航谈了自己的想法后，大家热烈地鼓起掌来。华茂山、普赖德也都就这个话题先后阐述了自己的看法，认为这是一项很有意义的事情。

张学良看到大家满腔热情，张罗办学，夫人也要参与其中，他当即表示会鼎力支持。

大家为校址、教员问题开始认真谋划。正当大伙讨论得热火朝天时，

于凤至已命人将四千元的支票递到韩淑秀面前,并附一张便笺:

列位高朋:

　　小女闾瑛降生福地,于襁褓之中,便有父母呵护,亲人关照,十日来,已收到贺礼、奶份儿不下万余。这使我联想到那些孤儿、贫儿,他们也是父母所生,父母所养,可从小就无人照看,缺衣少食,是何等可怜。悉闻郭夫人淑秀大姐谈及兴办贫儿学校之事,凤至深为所动,思之再三,愿将小女之福荫拿出四千元,以资助办校用度,务请诸公笑纳。此事虽未与汉卿知会,但我们一向志同道合,凤至此举,他定会欣然赞同。

张于凤至奉上

　　很快,贫儿学校创办起来。这所学校实行义务教育,不收学费,并提供书籍、学习用具等。此举一出,人们由观望到相信,一传十十传百,奉天城里穷苦人家的孩子纷纷入校就读。此事引起社会各界的关注,并传到张作霖的耳朵里,得知儿子和儿媳妇也参与其中,美名传扬,他也很高兴。

　　1918年下半年,贫儿学校请张学良、于凤至到学校参观,学校的崭新面貌使两个人受到极大震撼。经过一年多时间的建设,学校已具规模,学生在读写、算术、常识、体育、唱歌等方面的成绩都已赶上或超过公立学校的水平。

　　阎宝航此时在学校任校长,他主张不但要让学生学好文化知识,还提倡对学生进行爱国主义教育。张学良夫妇更是不断资助这所学校,并带动一些社会名流为贫儿学校捐款资助,贫儿学校逐年扩展,成立了总校,阎宝航、韩淑秀担任校董,下辖四所分校,在校学生多达两千余人。学校还在北郊开办工厂、农场等,实行半工半读,缓解了学生的经济困难,培养了大批人才。

　　于凤至此时也受先进思想的熏陶，她知道，自己绝不能只限于在大帅府做一个打理"内务"的管家，她渴望习得更多新的知识，渴望能够打开眼界，像青年会里这些有识之士般，做一个对社会有用的人，更期望能够与自己的丈夫比肩而立，在事业上能够辅佐丈夫。

　　于凤至把自己想要继续读书的想法和张作霖说起，张作霖非常支持，立刻为儿媳妇联系了东北大学，让于凤至当旁听生。读书期间，于凤至勤奋好学，废寝忘食，成绩在班级名列前茅，以优异的成绩取得大学文凭。天高任鸟飞，海阔凭鱼跃，受过高等教育的于凤至更加对自己的人生充满激情和梦想。

第三章

隐藏的泪

她的爱，从来不会停留在小情小爱上；她的心，也绝不能因为丈夫的移情别恋，就碎成一地残渣——她把心思放在了更多需要被关心的人身上。

孤枕泪影

婚姻需要爱情之外的另一种纽带，最强韧的一种不是孩子，不是金钱，而是关于精神的共同成长。于凤至非常清楚这一点。

她努力充实自我，深知女人在颜值方面不可能做到青春永驻，女人最迷人的地方应该是内心的独立。独立的姑娘，才会有真正的光芒。

在这样一个关系复杂的大帅府，于凤至已嫁为人妻，必须有自己的思想，用自己的学识、人品、智慧在这个家庭里保持稳固的地位。

张学良见妻子为了自己，重进大学课堂，研习西学，对她深感敬佩。

张作霖多次在席间表达了对孙子的渴望，一个大家族，家门子嗣兴旺可是标配。张闾瑛还未满一周岁，于凤至的肚子又渐渐地隆起。1917年，张闾珣来到人间，作为张作霖的嫡长孙，张学良的长子，他更是受到全家上下的宠爱。而于凤至也母凭子贵，在大帅府的地位更加稳固。

就这样，于凤至在四年内以平均一年一胎的速度，一连为张家生下四个孩子，后两个孩子分别是三子张闾玗、四子张闾琪。

在怀着第四子张闾琪时，于凤至曾大病一场，瘦到脱形，而且一天比一天病重，医生也束手无策。全府上下，焦虑不安。

第三章 隐藏的泪

于凤至的母亲见此情形，心急如焚：不满 3 岁的张闾瑛整天哭喊着要妈妈，两个襁褓中的小儿也整日啼哭不止，女儿若是撒手人寰，谁来照顾这些孩子们？

1990 年，张学良对旅美学者唐德刚回忆起和于凤至婚后的情况时，曾多次谈到和于凤至的关系。从张氏的谈话中不难看出他们婚后的感情状况。

我太太生这第四个孩子的时候，就得了很重的病，差不多是不治之病。

那时，她的母亲还在，那我父亲很喜欢我这个太太，我父亲跟她的父亲也很好，所以我们做了亲。她比我大三岁，那会她病得已经差不多了，中外医生都束手了，都说她一定要死了，那么，她给我扔下四个小孩子呀。于是，我岳母和我母亲她们就商量，我太太有一个侄女，就要我娶她这个侄女，以便给她照料她的孩子。

我跟她们说，她现在病得这么厉害，真要我娶她的侄女，那我不就是这边结婚，那边催她死吗？那叫她心里多难过。我说，这样，我答应你们，如果她真的死了，我一定娶她的侄女。你当面告诉她，她自己要愿意，愿意她侄女将来给她带孩子，管着孩子，这样呢，大家放心了。

她后来病就好了，没死，那么她就为这件事情很感动，所以对我也就很放纵，就不管我了，拈花惹草的。

于凤至得知张学良的心意，感动得泪如泉涌，或许正是张学良的话使她精神大振，决定与病魔抗争，她的病神奇地缓和了，身体一天比一天见好。最终，于凤至顺利地生下了四子张闾琪。

大帅府人丁兴旺，整个宅院充满了欢笑声。

于凤至后来忆及那段时光，表现出无限的满足："我们两人互相勉励,有事共同商量。婚后生活美满,孩子们陆续诞生,我们两人充满了幸福,这是我一生最幸福、美好的时光。"

当时,辛亥革命失败,推翻清朝后所建立起来的共和国名存实亡,大总统、议会等有名无实,实权掌握在有兵权和有钱之人手中。

这个时期,各路军阀四处征战,每个头领都想逐鹿中原,确立自己的霸主地位,而国外势力的纷纷插手,使得局势错综复杂。

1919年5月4日,五四运动爆发,此运动成为旧民主主义革命和新民主主义革命的分水岭。知识分子、工人阶级、无产阶级纷纷开展各种活动,中国历史揭开了新的篇章。

面对新的变化,各路军阀审时度势,精心策划着下一步的走向。张作霖此时担任东三省督军兼省长,他加快了培养接班人的步伐。

张作霖安排在部队中服役一年的18岁的张学良进入由其成立的"东三省陆军讲武堂",成为第一期炮兵科学员。

这时,张学良与于凤至已是聚少离多。张学良常年羁旅在外,而于凤至又在学校进修,又忙着生孩子,所以张学良身边出现的女子并不在少数。况且他是才貌双全的军阀贵公子,风度翩翩,文武双全,家世显赫,这样年轻的少帅谁能不倾心呢?

已为人父的张学良,其精彩人生的大幕刚刚拉开。

作为已握有奉天、黑龙江军政大权的张作霖,拥有偌大的家业,他要考虑自己的接班人问题。张作霖必然是要将张学良培养成"将门虎子"。张学良起初对于当军人并不感兴趣。

我父亲想把我造就成一个文人。我也很奇怪呀,我这个人根本是想学救人,没学成救人,结果后来变成杀人。我要学医的,我到现在还喜欢医生。我父亲很好,他也不吱声,也不说不赞成,可他不说我也没办法。后来我就学造药、制药,还想学农校。

我的后来和青年会关系很大,我认识一个人,叫陈英,青年人当过奉天车辆局局长。那时我身体也不太好,其实我都不知道我能活这么大岁数,我说感谢上帝,我的一切都是上帝给的。我年轻的时候还吐血,他就跟我说,你这是有肺病。

我年轻的时候——我跟你说天下事情,一会儿我太太要急了找我,你别笑话我怕老婆呀。——我本来是不想当军人的,我自己知道,我这个人是想干什么呢?你知道?我是想做一个自由职业者,画画呀、当医生呀什么的,随随便便,我要干什么就干什么。还有,我说这句话你别笑话,自古英雄多好色,我还喜欢跟女人在一块堆儿玩,我想自自由由的,可是我一有政治的事情在身上就不同了,后来就不同了,那时候我是想这个。

张学良当初在青年会,他甚至想离开父亲,到美国去。他找了一个朋友,偷偷把船票都买好了。

张学良当时身体不好,英语也不行,数学也不在行,如果去美国,也只能帮人家打杂自给自足,再念书学习。

陈英知道了张学良想去美国这件事,劝他去讲武堂当军人。

东北讲武堂始建于1907年,是清末新政的产物。由辽吉黑三省出钱,培养新式军队,清朝覆灭后一度停办。1919年,作为东三省巡阅使的张作霖恢复了东三省陆军讲武堂,此时国家正陷于军阀混战的局面,东北三省已处在半独立状态,张作霖兴办这个军队学堂,是为了给奉军输送军事人才。讲武堂由张作相任堂长,熙洽为教育长。第一期从1919年5月入学,1920年4月毕业。张学良为一期生。

张学良也很争气，进入讲武堂，考试成绩一直很优秀，引人瞩目。

通常来说，每个人心中都有一件重要的事情，那就是"自我价值的实现"。评价"自我价值的实现"的成功与否，很大程度上取决于事业发展的情况。

张学良在讲武堂表现优异，虽然是东北最高首领的长子，但他在学习期间并没有表现出丝毫的倨傲，而是非常勤奋，并且善于言辞，为人幽默和善，大家都很喜欢和他交朋友，其中以其老师郭松龄为最。

晚年，在张学良的口述记录中，郭松龄这个名字出现的频率相当高。

郭松龄，字茂宸，1883年出生于沈阳城东郊。1906年考入奉天陆军速成学堂，毕业后，一度任盛京总督衙门卫队哨长。1909年郭松龄随朱庆澜入四川。在此期间，一向关注国家命运的他，加入了孙中山领导的同盟会。1913年，郭松龄考入北京陆军大学第三期。1917年，他到广东参加了军政府的工作。或许广东的工作也没有让郭松龄遂心，他于1919年又回到了家乡东北，在东三省陆军讲武堂担任了战术教官。

郭松龄一出一进奉军，对他在职位上的晋升很有影响，当时奉军中陆大派和士官派（又称留日派）之间的派别之争异常激烈，以杨宇霆为首的士官派风头正劲。郭松龄升迁的希望更加渺茫。

就在这个时候，命运将张学良带到他的身边，张学良来到讲武堂，成为郭松龄的学生。

已接受过革命教育，带有开放思想的郭松龄，明显与其他奉军军官有泾渭之别。

郭松龄体格修长而健壮，经常着军服，好读书，思想先进，治军甚严，恒以天下国家为己任。他不近烟酒，不贪污，不受馈赠，亦不治生产。

张学良非常欣赏博学多识、仪表堂堂的郭松龄。郭松龄长张学良18

岁，他们很快就成了忘年交。

郭松龄将毕生所学倾囊相授，张学良成长飞快，为他日后的战场搏杀奠定了坚实的基础。

从讲武堂毕业后，张作霖便马不停蹄地将儿子派上战场，以观成效。

1920年，张学良前往吉林、黑龙江二省平定土匪作乱，大获全胜，声名初显；同年，他又参加了激烈的直皖战争；年底，他的能力为众人所认可，晋升为陆军少将；1921年，他又被张作霖派往日本观摩军事操练，回国后，他将日本人的战术安排改良应用于自己的队伍，使队伍的面貌焕然一新。

1922年，直系军阀和奉系军阀的矛盾触发，张作霖自任总司令，指挥东中西三路奉军于4月9日开始陆续入关。张学良、郭松龄任正副司令，率东路军四万余众，集中在天津附近，随时准备向保定方向的直系军进攻。

4月26日，直系军不宣而战，对奉军驻南苑部队发动突然袭击，张作霖组织"镇威军"，自任总司令，坐镇天津附近的军粮城。29日，"镇威军"分东西两路向直系发起全面进攻，第一次直奉战争开始。由于奉军张景惠所率部第十六师在西线倒戈，长辛店被直系军占领，导致奉军在西线全线失败。

第一次直奉战争后，张作霖败回奉天，为了报仇，他整顿军队，扩充军备，以图再战。

此次军队整编，张学良提出整顿队伍、扩充讲武堂培养人才、加强空军、筹建海军等治军方案。1923年初，张作霖任命张学良为东北航空处总办，从此张学良掌管了东北空军的建设发展大权。

1924年9月3日，皖系的浙江督军卢永祥与直系的江苏督军齐燮元发生争夺上海地盘的"江浙之战"。随后，张作霖集中几十万军队，海陆空齐出动，由山海关到古北口，在几百里长的战线上部署军队。9月15日，张作霖自任镇威军总司令，出兵讨直。曹锟则命吴佩孚为讨逆军总司令，分三路出兵。9月17日，第二次直奉战争爆发。

此次战争，张学良被任命为第三方面军的军团长，承担进攻山海关的任务。奉军借冯玉祥倒戈之势，使直系军全线溃退。第二次直奉战争以直系军失败宣告结束。

张学良忙于军中事务，即使回家，也忙着和父亲张作霖商讨军中事务，与于凤至聚少离多。

张学良不打仗的日子，还有很多活动，与各界人物互通往来，进行各种应酬。

丈夫是少年英雄，一表人才，英姿飒爽，于凤至知道主动追求自己丈夫的女子肯定不在少数，她最担心的还是丈夫会变心。

而张学良这边，外面的世界很精彩，外面的世界很迷人，他很快被一位年轻美丽的女子迷住了，此女名叫谷瑞玉。

那是1920年9月，秋风乍起，刚从东三省讲武堂毕业的张学良，奉父命统军前往吉林和黑龙江剿匪，张学良前往吉林剿匪期间，在一次堂会上，同年仅17岁的菊坛女伶谷瑞玉相识，共同的艺术爱好使他们相互产生好感。

尔后，直奉战争中，在深山密林中，张学良中了惯匪的冷枪，身负重伤，多亏谷瑞玉日夜护理，才渐趋康复。这样，爱慕加上感激，少帅很快便和谷瑞玉走在了一起，并把她带回了奉天城。

由于畏惧父亲的威严，也不敢直接面对于凤至，张学良只好让谷瑞玉寄居在朋友家里。

在认识谷瑞玉之前，张学良从来不在外面拈花惹草，妻子于凤至温柔贤良，他更没有理由再娶一个外室了。

如今张学良在外与谷瑞玉情意绵绵，奉天府张大帅府内的当家大少奶奶于凤至却辛苦异常。

孩子们尚小，更有小儿嗷嗷待哺，时常叫她夜不能寐，寿夫人又常随张大帅外出应酬，府中事务，皆由于凤至一人操持。

她多么希望丈夫早日回家，给她慰藉。张学良出征在外，居家养儿育女的于凤至何尝不把心提在嗓子眼里，例如她给张学良写过的一封家书，情真意切，字里行间渗透着对丈夫的担心：

恶卧娇儿啼更漏，清秋冷月白茹昼。泪双流，人穷瘦，北望天涯红袖。鸳枕上风波骤，漫天惊怕怎受？祈告苍天保佑，征人应如旧。

上文提到，于凤至在青年会结识了韩淑秀女士，并引为知己。韩淑秀正是张学良的老师郭松龄的妻子。

这天，韩淑秀至大帅府拜访于凤至，故友重逢，相谈甚欢。

谈话间，韩淑秀告诉于凤至，自己的丈夫已带部队返回奉天，张学良也将在一两日之后率部队乘坐专列归来。

这个消息让于凤至兴奋。她们又聊了一会贫儿学校的事，韩淑秀即告辞。

过了几日，于凤至得到确切消息，张学良已回到奉天。可是，张学良回来几日后，在北陵别墅给于凤至打了电话，说军务繁忙，不能回府，接下来的几日，他依然不曾回府和自己见面。

冰雪聪明的于凤至想及韩淑秀几日前和自己聊叙的话题，隐约透露张学良心有别属之意，又加之此时丈夫久不归府，她的心沉沉的。

流言从来是不为人禁，不胫而走的。很快，张学良身边有谷瑞玉陪伴的消息传到了于凤至的耳朵里。

丈夫年轻气盛，外面的诱惑又多，他心有别属也是意料之中的事，于凤至尽管心中郁郁，但她以为那些婚外情，无非是战火中的露水情缘，待到战争结束，丈夫依然会回到自己身边。

可是，于凤至自己呢？此时此刻，她的情感世界是寂寞的，自己在家含辛茹苦养儿育女，丈夫却在外面风流自在。

夜这样的深，也变得尤其长，张学良的花边消息已不再是秘密。孤枕难眠，泪流在心底，只能自己悄悄咽下。她只求张学良心中有她，其他的逢场作戏，她一概略之不计。

谷瑞玉的二姐夫早已通过杨宇霆等人，将张学良与谷瑞玉在战地结合的情况，暗中向张作霖透露了。张作霖对儿子与谷瑞玉的婚事表示默许。

于凤至听闻此事，心如刀割，她初时以为张学良只不过是和以往一样，玩心尚重，逢场作戏，但万万没想到张学良会弄假成真，将别的女人娶进家门。

想到自己为这个家辛苦操持，偌大的府邸容不下她与张学良的爱情。于凤至每天都要强颜欢笑，在这宅子中自饮苦水，而谷瑞玉虽为外宅，却能享受自己丈夫的爱意和温存。

如此的结果，以往对于丈夫的牵挂与关心，此刻都成为讽刺的利箭，朝她的心口射来。

身为张学良明媒正娶的大房，张作霖的长媳，于凤至必须保住自己在大帅府的地位，至少这个沈阳大帅府，是不容谷瑞玉染指的。

1925年春节前，谷瑞玉随少帅返回沈阳，张学良在沈阳的经三路28号购买了一幢小楼，作为谷瑞玉在沈阳的住所，谷瑞玉便作为张学良的外室存在。谷瑞玉虽然心里难过，但也明白，自己和张学良之间的感情缘于爱慕，她甘愿放弃演艺生涯，也不计较有无如夫人的名分。

第一次直奉战争打响后,她便毅然登上军车,前往烽火弥漫的战场寻找张学良。

当时奉军遭到重创,少帅痛苦之极,竟要开枪自杀,谷瑞玉紧紧把他抱住,加以制止,并激励他振作精神,重整旗鼓。回到奉天后,她仍然单独住在外面,由于耐不住寂寞,被张学良的政敌杨宇霆的三姨太笼络了过去,卷进了政治的旋涡。

面对这种局势,于凤至从大局出发,主动至经三路小楼迎请谷瑞玉,决定把她接进帅府,以免受人利用,危害张学良的前程,但谷瑞玉执意排拒。

时光渐远,1931年,谷瑞玉最终与张学良离婚,而于凤至为了丈夫的事业,忍辱负重、顾全大局的见识与器度,却使所有人钦佩。

清醒中的嬗变

有那么一段时光,在于凤至眼里,仿佛都是昏黄的。这大帅府的灯好似都在摇曳,曳得人心伤;又似日子一成不变,那暗红的灯就那么燃着岁月的漫长。每至夜深人静,在某个光影里,于凤至总会有一种物是人非的感慨。

面对丈夫的风流韵事,于凤至内心虽然心怀伤感,但是,在这个大帅府,张作霖的几位姨太太不也一样同处一个屋檐下却相安无事?

环境让她看清现实。婚姻之实,夫妻之情,使于凤至对张学良在外的那些花边消息不想、不看、不听、不念。

"因为懂得,所以慈悲",丈夫尽管在男女之事上常为人所诟病,但他更多的则是在展示那些雄才大略呀!自己身为妻子,怎么能扰他烦忧?

这天，管家来报，于凤至的父亲于文斗从老家郑家屯来到奉天，住进了大帅府西院的雅云斋。

对于父亲的到来，于凤至既开心又觉得奇怪。随后，于凤至得知，原来是张学良发电报请父亲前来，张作霖有意请于文斗接任奉天富裕银行的总裁。

得知这个消息，于凤至心中思绪万千。公公和丈夫对父亲的美意她心里很是感动，但父亲如果出任银行总裁，外面人会如何议论这件事情？丈夫张学良在外会受到因私废公的非议，而父亲这边，则不免被人闲话是靠裙带关系得此殊荣。

于凤至将自己的想法告诉父亲，于文斗按着女儿的意见，不辞而别，回了郑家屯。

张家父子见于凤至审时度势，不攀裙带关系，更加敬佩于氏父女深明大义，气节不俗。

张作霖于是提议在郑家屯开设富裕银行分号，很快，张记富裕银行分号便在郑家屯开始营业。得张家的福荫，于家丰聚长商号的买卖更加兴隆。

天有不测风云。正当于家的商业发展如日中天之际，凤至的母亲却身染重病，医治无效，驾鹤西去。

消息传来，于凤至痛哭不已，与张学良火速前往郑家屯奔丧。时值早春，乍暖还寒，于凤至和家人日夜忙碌，将母亲的灵柩送至怀德县南崴子乡大泉眼村于家茔地安葬。

办完母亲的丧事，于凤至见到了住在怀德县的叔伯兄长于凤素。兄妹俩难得一见，于凤至问及兄长家乡的情况。

于凤素告诉她，大泉眼村盛产水稻，五谷丰登，百姓的生活过得还如意，可是文化教育却非常落后，村子里识文断字的人少之又少，村子里的孩子读书是个问题。

于凤至听着兄长的话，不由陷入沉思。自己是从这个村子里走出去的孩子，她想起阎宝航、韩淑秀倡导兴办贫儿学校的做法，自己也想为家乡做点实事。兴国安家全靠人才，自己何不在村子里办一所像样的学校，以解村里孩子读书难的问题呢？

她把自己的想法和大哥于凤翥商量，于凤翥非常高兴。妹妹能够为村里办学，培养人才，这可是千秋功德。

办学需要经费，是一笔不小的投资，于凤至毕竟是一介女流，能有支配金钱的能力吗？

于凤至告诉大哥，这件事要先和丈夫商量，争取他的支持。两个人合议由于凤翥担任校董，特约老秀才刘春田出任校长，聘请北街的周柱三、葛东升为老师，办学费用由于凤至承担。

1927年，在于凤至的努力下，这所学校建成，名字叫作"新民小学"。学校共有两栋校舍，四个年级，入学学生多达二百余人，一律免费。多少年来，这所学校为大泉眼村培养了无数人才，20世纪90年代末，于凤至的义子肖朝志来到这里观瞻父母故乡，找到了这所新民小学旧址，挂上"凤至小学"的名牌，校名请年迈的张学良亲笔题写。

自从为家乡办学之后，由于凤至开办的学校在东北各地如雨后春笋般兴起。战乱时期，物资困难，民不聊生，看着许多家庭因无力负担学费而导致孩子滞留家中，不能受教育，她想尽己之力，送更多的孩子通往光亮之门。于凤至考虑到，若是在这时候开办学校还要收取学费，那跟没有开办学校又有何异？为了让穷人家的孩子能够入学，她大笔一挥，发下"不收学费，免费入学"的告示。

她的爱，从来不会停留在小情小爱上；她的心，也绝不能因为丈夫的移情别恋，就碎成一地残渣——她把心思放在了更多需要被关心的人身上。

那一间间宽敞明亮的教室,那朗朗的读书声,那一双双明亮的眼睛,何尝不是一种爱的付出所回赠给她的幸福?

这个20多岁的姑娘,用自己的悲天悯人之心,一方面将大帅府打理得秩序井然,一方面又分出心来,开展公益事业。

置身显赫的家庭,并不是高枕无忧。丈夫和公公身居统帅之职,时常会有生命危险,于凤至深知战争无情,当她走在街上看见战死的士兵们被放在简陋的担架上抬回奉天时,心中总是涌起一股难以言喻的悲伤。

作为将门的女眷,公公和丈夫在前线打仗,自己在后方也应该尽绵薄之力,想到此,于凤至和张作霖的几位姨太太商量,一起去军区医院探望伤员。

几位婆婆也很赞同于凤至的建议,又想到身为大帅府的女眷,轻易地抛头露面会受人指摘,卢夫人便建议由五房寿夫人和于凤至代表张家父子二人前往军区医院进行慰问。

张作霖得知此事,心中大喜。战争不停,将士思乡,军心不稳乃行军大忌,于凤至此举既可以安抚奉天民心,又可壮军中士气,他当即应允。

于凤至和寿夫人来到军区医院,到处都是受伤的战士,到处都是血肉模糊的身躯,她们仿佛从天堂跌落到地狱。

医生和护士忙得不可开交,匆忙中对两位帅府来的夫人点头示意,又匆匆离开。

凄切的叫喊声此起彼伏,寿夫人不忍直视,于凤至强忍心痛,安抚婆婆之余,告慰伤员。

她们是大帅府的夫人,战士们在前线拼命,于凤至在医院里告诉伤员们,张大帅心系大家,嘱咐大家好好养病,无论花多少钱,也要为战士们

第三章　隐藏的泪

尽力医治，对得起他们在战场上的英勇表现。

于凤至自医院回府，便向公公提出，尽可能地拨款于医疗物资，使伤员们早日康复，同时也让战士们感受到大帅的关心，得以稳定军心。

张作霖虽然对于凤至的话表示赞同，但拨款的事，程序复杂，而且前线也需要物资供应。于凤至深知公公的难处，便先从自己的账头中拨出一笔钱，投入军区医院的建设中。

她知道，自己是一个弱女子，无力改变战争，只能默默地施予众人自己的善意。

后来，于凤至被推举为奉天慈善会的董事长，她坦然接受，因为这样她可以更好地行使自己的善意，使更多的人在乱世中获得一些慰藉，一些温暖。

岁月狰狞

使人成熟的并不是岁月，而是经历。

经过几次战争的洗礼，张学良再也不只是一个勇猛的新锐战士了，而是已经成长为一个经验老到的将军。因为战功赫赫，他被升为京榆地区卫戍总司令。

在战争中，他和郭松龄之间也结下了深厚的友情。

张学良清醒地意识到，他的父亲张作霖是中国当时力量最强大的军阀，甚至没有之一，但战争带来更多的则是人民的苦难。

他的内心，有一种强烈的御侮自强的爱国精神，而并非要成为第二个"东北王"。

张学良不止一次向父亲提出停止内战，一致对外。军阀之间的混战使民众深受战争之苦，将士死于无意义的斗争，他倍感痛苦，然而让他更痛苦的事接踵而来。

1925年冬，郭松龄通电反奉，明确提出，为"消弭战乱，改造东省"，张作霖必须下台，由"英年踔厉，识量宏深，国倚金汤，家珍玉树"的张学良来主持大政，郭某人自愿"竭诚匡助"。

郭松龄的这个通电，将张学良置于极度难堪的境地。

当时奉军也同其他军阀一样，派系丛生，山头林立。占主导地位的是和张作霖出生入死、随同张作霖接受招安而来的"元老派"，他们大都是绿林出身的"大老粗"，彼此之间互相联姻，或者歃血为盟，并招揽了一批留日归国的士官生，称作"士官派"，首领是杨宇霆。

另一派则是"讲武堂派"，包括陆军大学和讲武堂出身的将领。他们以富国强兵、开发东北、不事内争、抵御外侮为旨归，是颇具爱国思想与进步倾向的少壮派，是奉军的精锐部分。

张学良出自讲武堂，是"讲武堂派"的精神领袖，郭松龄与张学良亦师亦友，张学良极度信任和倚重他，因此，郭松龄成为这一派的实际掌门人。

郭松龄及其毕业于燕京大学的夫人韩淑秀深受国内外革命潮流的影响，非常看不惯迂腐守旧的"元老派"与"士官派"互相勾结、攘权称霸、排斥异己。

张作霖多次发兵入关，争夺地盘，导致许多人死于非命，郭松龄始终持反对态度。1925年，杨宇霆又竭力怂恿张作霖发动第三次战争，进关攻打冯玉祥。郭松龄闻讯，非常愤慨，他以养病和观察军事为由，偕同夫人暂避日本。在那里，听说张作霖派人正与日方商谈购置军火，以进攻国民军，他对张作霖的行为更加不满。身为国家军人，保卫祖国才是正道，现在自己人打自己人，有违他身为军人的崇高信念。

郭松龄回国后，就在天津秘密策划反奉，并发电要求张作霖下野，请张学良接管大权。

张作霖获得此电，异常愤怒，而郭松龄则将所辖的七万官兵改编为四个军，准备克日挥师北上。张学良和郭松龄思想信念是一致的，郭松龄停止内战，反对进攻国民军的主张，张学良非常认同，认为这是合情合理，至公至正的；但是，事情竟闹到这种地步——要"儿子出面打老子"，推出他来扛"反奉"的大旗，张学良难以接受。

郭松龄突然起兵倒戈，张作霖让张学良挂帅去讨伐郭松龄。一面是父亲，一面是恩师，张学良陷入两难处境，极端痛苦。

张学良终于谋划出一个两全之策——劝和息兵。但郭松龄拒绝见面，唯恐知己相见，动摇了他的反奉决心。在疏通无计、劝和无效的情势下，摆在张学良面前的，唯有率兵抵抗之一途，没有其他选择的余地。这样，一场让两个主角都身受其害——郭氏招致灭顶之灾，少帅终生无比痛心的内部拼争，最终以郭松龄部队战败，郭松龄夫妇被俘告终。张作霖十分快慰，当即下令将他们押回奉天，他要亲自审讯；而与郭松龄结怨甚深的杨宇霆，生怕夜长梦多发生变化，竟下令把郭松龄就地枪决。

这次胜利，带给张学良的绝无点滴快意，只有彻底的绝望、透骨的悲哀。从此，他失去一位最崇敬的老师、最忠诚的伙伴、最知心的朋友。

郭松龄倒戈后，张学良为了阻止他兴兵北上，曾经乘军舰赴葫芦岛。谷瑞玉也冒险随行。由于是冬天，加之张学良因郭松龄倒戈之事连夜失眠，总参议杨宇霆借机怂恿张学良以吸食鸦片的办法解除连日的疲劳。结果张学良不幸染上了鸦片瘾，谷瑞玉为此痛心疾首。

1926年秋天，谷瑞玉因为在郭氏倒戈时支持张学良吸鸦片一事受到张氏家族内部的非议，所以她在张学良驻防天津时，曾企图劝说少帅戒毒。她先请英国医生希斯协助张学良戒毒，谁知吸毒容易戒毒难，经过几天几夜的折腾，戒毒一事以失败告终。谷瑞玉又错误地听信一位东北军将领的建议，请来日本医生山田二郎协助张学良戒毒，不料此举更加失误，山田为了从谷瑞玉手中得到一笔可观的医疗费，居然用吗啡来为张学良减轻戒毒的痛苦。结果鸦片烟毒虽然戒掉，却又染上了更为难戒的吗啡。谷瑞玉好心没得到好的结果，致使一些人对她的误解更深。

是年冬季，谷瑞玉随张学良前往河南。由于数日的车马劳顿，加之因张学良戒毒一事遭受许多人的非议，心中存有积火，谷瑞玉到河南不久即得了重病。张学良劝其回天津医病，谷瑞玉担心张学良在临战时身边无人照料，毅然坚持留下。在河南，她一边治病一边照料张学良的起居，直到战争结束。

为了感谢谷瑞玉随军时所做的贡献，张学良在天津法租界为谷瑞玉买了一幢豪华的新宅。为了让谷瑞玉进京听戏方便，他在北京也为谷瑞玉购置了房产和衣物，那一时期无疑是谷瑞玉与张学良关系最为融洽的时期。

然而，张学良的风流风韵并不会因为有了谷瑞玉而就此终止。

1926年7月，张学良在津门驻防。一天，他应邀参加怡和洋行蔡老板的家庭舞会，与赵一荻小姐首次相遇。一个是风流倜傥的美男子，一个是豆蔻年华的美少女，四目对视，相互传情，彼此都留下了美好的印象。

赵一荻，又名绮霞，乳名香笙，1912年出生于香港，在姐妹中排行第四（幺女）。她少年时在天津度过，当时正就读于以接纳社会名流女公子闻名遐迩的中西女子学校。

相识之后，两个人时常到香山饭店的高尔夫球场打球。坐落在西山碧云寺旁的香山饭店，是赵一荻父亲赵庆华所开办。

夏天，张学良到北戴河避暑，赵一荻与大哥、二哥结伴，也从天津赶来了。张学良的副官陈大章陪她住在必其饭店，避过盛暑后，陈副官送她返回天津。从那之后，张学良成了赵家的常客。

东北军不能久驻京津，要回奉天。张学良只好向赵一荻告别。

当初，郭松龄倒戈，以迅雷不及掩耳之势一举突破张作霖部防线，占领连山。张作霖惊慌失措，准备逃跑。杨宇霆为了镇压郭松龄，不惜出卖民族利益，以答应日方增筑铁路、获得商租权为条件，乞求日本帝国主义的支持。

日本人本想以郭松龄取代张作霖以在东北获得更大利益，遭到郭严词拒绝后不得不再去扶植一向不听话的张作霖，双方缔结密约。由于日本人出面干涉，发布声明说南满铁路20公里以内不得有战事，致使郭松龄部未能及时沿铁路直取奉天，成为郭松龄战败的原因之一。

张作霖在打败郭松龄后，即在日、英等帝国主义的支持下于1926年1月联合吴佩孚、阎锡山等组织安国军，自任安国军总司令，组织力量进攻革命军。

张作霖亲命张学良率兵再次杀入关内，进攻冯玉祥部，以泄冯助郭松龄反叛之恨。冯玉祥战败后退至南口，并通电下野，北洋政府被张作霖重新控制，张学良也因战功显赫而被晋升为陆军上将。

1927年2月，以奉军为首的北洋军阀武装与北伐军决战中原，奉军失利，张学良开始谋求与蒋介石和谈，但遭到张作霖等北洋军政要人的反对。

1928年初，蒋介石组织第二次北伐，沿津浦铁路北进，冯玉祥的西北军和阎锡山部也誓师再起，以奉军为首的北洋军阀武装陷于东西两线作战的被动挨打局面。

不久，东线奉军失利，京津危急，西线直鲁联军也节节败退，张学良深感此仗再打下去，内伤国力，外利列强，便建议张作霖退兵关外，以

"防止日本有所异动"。张作霖听从张学良的建议，打算退守关外。

但对于与日本人签订的密约，张作霖一直借故不肯兑现，因此引起了日方不满。如今张作霖兵败，想要退守关外，日本便想趁机要挟他兑现诺言，获得吉会等七条铁路的修筑权，同时扩大铁路用地。但张作霖只签署了两条铁路的修筑承包合同，对日方的其他要求均置之不理，并与以驻华公使芳泽为首的日方代表发生面对面的激烈冲突。1928年6月3日凌晨，张作霖告别北京，乘专列前往奉天。张学良留守北京，安排奉军撤出关外等善后事宜。

当天晚上，当张学良从天津处得知父帅的专列已于午夜离开天津朝山海关、锦州方向驶去时，不仅吁了一口长气。在他看来，一出山海关就是他张氏父子的天下，父帅的安全问题总算有了保障。然而他万万没有料到的是，翌日（6月4日）清晨，奉天突然发来密电，大帅专列在皇姑屯车站被炸，大帅身负重伤，生命垂危。

张学良闻此噩耗大吃一惊。当时他正在邯郸临洛关车站的军列上指挥作战，安排布防及安全撤退等事宜。但稍过片刻，他即清醒过来，力持镇静，神态自若地安排完一切，返回北京。当他经历重重危险抵达帅府时，得知张作霖已于半月前离世。

张学良得知，张作霖被日本关东军炸死之后，在军署参谋长臧式毅和奉天省长刘尚清的精心筹划下，大帅的五夫人寿懿偕同于凤至，同理乱局，共度了艰危。

张作霖被炸身亡，送回奉天大帅府，在于凤至的安排下，一帮女眷忍着深悲剧痛，秘不发丧，每日令厨房照常开大帅的饭食，医生天天进入帅府为大帅换药，逐日填写医疗处方，与日本特务头子土肥原等巧作周旋。于凤至就是为了争取到必要的时间，她焦急地等待丈夫张学良秘密潜回，妥善料理后事。

在张学良回府前，军署参谋长臧式毅等对张作霖去世一事秘而不发，并对外称大帅的伤情正在好转，日本人因而没有敢轻举妄动。

张学良回到大帅府后，仍保守秘密，同时急令部队迅速撤回奉天，以巩固自己在奉天的地位，确保一旦发丧他可以控制整个局势。

6月19日，张学良回到帅府的第三天，张学良正式宣誓就任奉天督办，同时兼任东北保安委员会委员长。

6月21日，张学良在一切准备就绪后，向外界公布其父张作霖的死讯，但把张作霖去世的日期改为6月21日，以迷惑日本人。

张学良虽然大权独揽，但当时任吉林省督办、德高望重的张作相和由日本人撑腰的杨宇霆也是张作霖生前极为倚重、执掌军权的人物。

张学良以退为进，谦恭地请张作相出任东三省保安总司令之要职。张作相感动至极，再三推辞，发誓要像拥护大帅那样坚决拥护并辅助少帅。杨宇霆见众望所归，也通电东北三省，表示要以大局为重，拥立"汉（汉卿）帅"。

7月2日，三省一致决议，推举张学良为东北三省保安总司令兼奉天保安司令。7月4日，年仅26岁的张学良宣誓就职。自此，一场由日本人蓄意发动的、以夺取东北三省为目的的挑衅事件在张学良等人的精心防备下终于流产，东北开始进入少帅统治时期。

心底疮痍

逝者已矣，来者可追。张学良对父亲遇害一事十分悲愤，发誓要为父报仇。他没有忘记自己的宏大志愿：停止内战，统一中华，富国强兵，共御外侮。在日本学习过的张学良，深知日本国富兵强，武器先进，要想抵御日本，单靠东北三省之力是远远不够的。只有国家结束内战，实现统一，中华民族才有希望转弱为强。基于这一点，张学良开始谋求与他战场上的对手——国民革命军进行和谈，从而实现和平统一。

张学良非常清楚地意识到，蒋介石带领的北伐的国民革命军能战斗，会战斗，有一支奉军所没有的政治思想工作队伍。张学良认为只有蒋介石具有统一中国的能力。况且蒋介石已获得英、美等西方列强的支持，在兵力上也占绝对优势。

千头万绪，需要他来决定。每当张学良有不决之事，就会和于凤至商量。于凤至便会提出一些自己的建议，她的建议经常被张学良采纳。

1928年7月1日，张学良通电与南京方面全面停战，正式向对方伸出橄榄枝。7月3日，蒋介石对日本记者发表谈话，提出和平解决东北三省问题。7月8日，东北派使者到北京与蒋介石谈判，蒋提出只要张学良信奉三民主义，任何条件都可商量。

蒋介石极力争取，加之英、美等国抓住"济南惨案"向日方施加压力，日方内部也矛盾重重，对易帜一事不敢过分阻挠。经过近半年的曲折，东北易帜终于于1928年底有了结果。张学良决定易帜之事过程曲折，日本人的阻挠，杨宇霆的反对，使易帜之路困难重重，但张学良一一克服了。

1928年12月29日7时，张学良身穿陆军新式军装，头戴法国平顶式军帽，腰挂镶金马刀，英姿勃勃、神采奕奕地骑着战马走到北洋军阀的五色旗前宣布易帜。几分钟后，北洋军阀张作霖时代的五色旗降了下来，南京国民政府送来的青天白日满地红旗开始在奉天城上空飘扬。

经过治平丧父之痛，接手奉军，奉军易帜等事情，张学良成熟了许多。苦难催人成长，他已经不再是那个做事冲动的青年，当一切事情处理得差不多了，他才感觉到身体很疲惫，已经疲惫到支持不住了。他病倒了，卧床不起。

张学良在病榻上，仔细回想几个月来发生的事情。他想到了赵一荻，那些过往纷纷涌至脑海，他思恋她，想见到她的冲动一发不可遏制。

1929年5月，他给赵一荻发去一封欢迎她到沈阳观光的邀请信，告诉她自己病了，不方便远行，如果她有雅兴可以到沈阳来游览，如果她愿意，也可以就读东北大学，他将派自己的副官陈大章去天津接她。

当时赵一荻的父亲已经为赵一荻定了亲，但赵一荻对张学良满心都是倾慕和眷恋，而且也想上学深造，于是她私自离家，不计后果，前往了沈阳。

这期间，赵家变生不测，所谓"城门失火，殃及池鱼"。兄弟之间陡起阅墙之争，牵连到四小姐的母亲，结果，异母长兄向父亲告状，说是四妹私奔了；随之，惯常拨弄是非的坊间小报，对这起"绯闻"更是大肆渲染，竟闹得沸反盈天。身为政府要员、一向"爱惜羽毛"的赵庆华，怎受得了如此难堪的侮辱！一怒之下，便在《大公报》上刊出醒目的启事，略谓：小女淫奔，按家祠族规，应"消除其名"，"嗣后因此发生任何情事，概不负责"，实质上就是断绝了父女关系。这样一来，一个年仅十六岁的少女，就被生生地逐出家门，甚至无路可走了。

至于赵老先生"启事"背后是否还有什么"深心"，论者说法不一。有的猜测，其意为"一箭双雕"，一则可以平衡、止息家室间的矛盾；二则也算是对于亲家的一个"无颜面对"的痛苦交代。这无疑都说到了点子上。还有一种说法，赵父采取了以退为进的"倒逼"策略——由于他对风流少帅的个性比较了解，为了防止出现"始乱终弃"的悲剧恶果，如此铺排，就逼着少帅只有接纳一途，不容轻易悔弃，正所谓"置之死地而后生"吧。少帅的副官陈大章就持这一观点："依我看来，这是赵庆华为使女儿同张学良结为伴侣所采取的一种手段。"

张学良和赵一荻之间的恋情有恃无恐，愈演愈烈，他们在许多场合成双成对公开露面。

当然，张学良的风流情史并非只有谷瑞玉和赵一荻，他的生命里，那些经历的红颜们只是他人生长河中激荡出来的小浪花而已。正如张学良自己所说："我过去做事情，我这个人我自己向来是有分寸的，我也知道我自己，我自己给我下个考语：平生无缺憾，唯一好女人。"

于凤至在老年时回忆起初见赵一荻时的情景，还是带着些许醋意："……这群女人中有一个叫赵绮霞，她父亲是政府中主管经济的要员，她因终日在舞场流连，不肯上学，被称为赵一荻，她追逐汉卿，报纸杂志大肆渲染。她父亲管教她不听，登报脱离父女关系，成为一时新闻。"

即使是再豁达的女人，对于一个将丈夫从自己身边夺走的女人，也必然会在心中藏着许多偏见，也不会原谅这个女人。之前的谷瑞玉已经让于凤至内心像被石头堵住一样难以呼吸。可现在，赵一荻的出现，又闹得满城风雨。

于凤至作为正室，怎么还能镇定自如？公公张作霖的尸骨未寒，丈夫刚接手奉系军权就出了这样的风流韵事，能让那些元老们安心辅佐他吗？

赵一荻为了爱情，飞蛾扑火似的来到沈阳，由于初来乍到，对当地气候并不适应，很快就生病了。她被张学良安置在北陵别墅，连帅府都不能进，因为他家中还有夫人于凤至。

生病了的赵一荻独自住在北陵别墅，既不能出入帅府，更不能经常见到刚刚掌管东北军政忙得不可开交的张学良。

张学良和赵一荻商量，自己太忙，赵一荻是否缓些时日再去东北大学上学，现在暂时在自己身边帮助自己。

　　张学良让赵一荻做自己的秘书，并为她改名赵媞，改名是因为她被逐出家门，赵绮霞的名字自然不能用了，而且赵绮霞私奔之事吵得沸沸扬扬，用这个名字也不太方便。赵媞这个名字取自《楚辞·东方朔〈七谏·怨世〉》："西施媞媞而不得见兮。""媞"即美好之意。

　　这天，张学良来到别墅和赵一荻共进晚餐，赵一荻发现张学良闷闷不乐，他们在一起的时候不多，所以赵一荻格外珍惜。冰雪聪明的赵一荻很快猜到了张学良是因为夫人于凤至而不开心，自己离家出走的事情闹得沸沸扬扬，夫人怎么会不知道呢，恐怕又给少帅造成了困扰吧，他本来就为军中事务劳心伤神不少了。

　　张学良与于凤至成婚时，张作霖曾答应了张学良，只要娶了于凤至，以后他所有的花边恋情他都可以不管；但同时，他也向于凤至承诺，自己的儿子绝不纳妾，任何女人都不能与她相提并论。张作霖生前也确实信守了这两个承诺，对自己儿子的胡作非为坐视不理；但也没让任何女人正式成为张家的儿媳；而且，由于对妻子的敬重，张学良并没有将任何女人带进家门。之前，他想纳王正廷的妹妹为二房，但于凤至再三考虑后，觉得以张学良彼时的处境与地位，还是不宜纳妾，张学良便依其意作罢。

　　赵一荻也知道，于凤至在张家一向品行端正，以德服人，大帅府上上下下的人都对她非常尊敬，张学良也一直敬重这位比她年长的贤妻。

　　如今，赵一荻的出现，让原本就紧张的气氛更加严峻，她仿佛成为整个少帅府的敌人。张学良却不管别人怎么说，只要有空，就会到别墅安慰、陪伴赵一荻。

　　他的家虽然在大帅府，可是，张学良却常以军务繁忙为由，很少与于凤至同居一室，结发为夫妻，也仅此而已。

  独守空房，好在有几个孩子在侧，于凤至心底即使伤痕累累，但她依然相信，自己才是张学良身边最重要的女人，任何女人都无法超越，甚至取代自己在这个家中的地位。

第四章

风起云涌

九一八事变使张学良成了众矢之的。1932年2月21日，日本关东军十余万精锐部队向热河发动全面进攻。

蒋介石电令张学良一定要守住热河，与日决战，并承诺派六个师前去增援。张学良以为蒋介石真的要抗日，兴奋异常，立即布置防线，集结十余万众要和日军大干一场。

看不见的界线

爱情是人生的珍宝，于凤至挚爱着自己的丈夫张学良，她只想用婚姻这只船运载爱情的珍宝，尽量绕开暗礁，躲开风浪，安全到达目的地。可是现在，在她看来，赵一荻无疑就是她婚姻中的风浪，让婚姻的船不能按照自己的意愿行驶。

她也明白，以张学良的身份，有个三妻四妾也属正常，好姻缘是用来珍惜和保护的。所以，于凤至伤心归伤心，她爱张学良，就要尽量让他开心，因为他开心了自己也会开心。

张学良在对待赵一荻的事情上，态度也非常强硬。当初，为了让赵一荻进入大帅府，他和于凤至发生了激烈的争吵，他甚至拔枪相逼，让于凤至非常伤心。

但看张学良决心已下，于凤至的阻拦是毫无意义的。事实上，张学良和赵一荻不仅同居，有时候张学良还会带赵一荻出入各种场合。

既然事已如此，再阻挠也没有意义了。于凤至内心虽然很痛苦，但给赵一荻安排一个怎样的身份成了于凤至必须考虑的问题。

丈夫身系东北安危，自己肩负帅府兴衰，赵一荻的事，还是要想个息事宁人的方法。对这个没名没分的赵小姐，对外要有个说法，否则和张学良一起出席各种场合，算是怎么一码事？

给她一个身份，对张学良有利，对她自己有利，最重要的是对整个大帅府的声誉有利，现在外界关于张学良和赵一荻的各种说法已经够多了。

最终，于凤至提出：赵一荻只能以张学良的秘书身份示人，没有正式夫人的名分。

只要能陪在张学良身边，赵一荻就觉得幸福。

爱情是排他的，自私的，于凤至顾全大局做出了决定，赵一荻全盘接受。

不久，赵一荻适应了和张学良一起的生活，秘书的工作也得心应手。让她开心的是，自从她提出不要名分之后，张学良再也没有和于凤至争吵过。于凤至在大帅府生活，赵一荻在别墅度日，张学良两头兼顾，倒也相安无事。

张学良虽热恋着赵一荻，但基于责任感，他会经常回家和于凤至团聚。

尽管赵一荻名义上是他的秘书，但是遇到军政要事，张学良还是会第一时间和于凤至商讨。

出于高度信任，在早年的军政生涯中，张学良确实把凤至"大姐"看作一个得力的助手。

1929年1月10日，张学良果断处置"杨常事件"，于凤至给张学良的建议起到了独特的作用：

杀杨、常，事前我只与王树常商量过。我说我要放炮，他说万万不可。我也和于凤至商量过。我本来想把杨关起来,不想杀他。她说:"你能关得住他吗?张作相等人为他求情,你是放,还是不放?"这话让我下了决心,真是"一言兴邦,一言丧邦"。

这也是之所以我要用银圆卜卦的原因。我丢了三次,都是大头在上,我说可能是成色问题。再押反面,丢三次又全是反面。我太太(于凤至)就哭了,她知道我要杀人了。她说:"处决杨、常,是逼出来的,最后只有一条路,你死我活。"

紧接着,于凤至又提示少帅:事不宜迟,应该马上组织军事法庭,对杨、常进行公审;并且向东三省公众公布他们多年策划战争、勾结日本、妄图谋权篡位的罪行;同时,向南京政府和东北各界,通电说明杨、常伏法等有关事宜。

应该说,此事所付出的代价是比较大的;而且,事关全局,风险至大,稍有纰漏,就会造成严重的后果。而最终之所以能够获得成功,处置得比较妥善,张学良政治上的日渐成熟,成竹在胸,稳操胜算,起了主导作用;也和张作霖在奉系军阀中打下的基础及其身后的余威、余荫有一定的关系;当然,这里也应记上一笔凤至"大姐"关键时刻拿定主意,事后又能精心擘画的功劳。

张作霖去世后,帅府里的几位如夫人先后离开了帅府,大多移居天津。于凤至对帅府的管理,也完全遵照张作霖生前的规定,内外事务交给管家掌管。

于凤至受过高等教育,对教育非常重视,她一直认为,只有教育才能救国,此时,她依然尽心尽力在各地兴办学校,免费让那些贫儿入学,以此来普及教育。

天有不测风云。一天，于凤至接到电报，老家郑家屯一带连降暴雨，导致西辽河飞洪泛滥，水患严重，大量民房倒塌，人民生活在水深火热之中。于凤至十分震惊，迅速召集团以上军官的夫人和政界要人之女眷成立"女子急赈会"，为赈济辽西水灾商讨举措，筹集资金。还以张学良和她本人的名义，给好友京剧大师梅兰芳、程砚秋等发信，请他们动员伶界义演筹款支援灾区。

张学良对于凤至的这些活动，也大力支持。

1928年8月16日，刘尚清校长呈请辞职获准。张学良经东北政务委员会推荐，兼任东北大学校长。

东北大学在张学良的主持下，批准了"从新学期开始，各系招收女学生入校读书"的新规定，之前，东北大学一直有拒收女生的规定。张学良为了鼓励社会女青年入东北大学学习，还让于凤至入东北大学政治系做插班生。

他的这一举措，深得社会各界的称赞。

在当校长期间，他还说："中国唯一的希望在青年，青年之本，在教育。不出风头，各尽其职，愿与诸君共勉。"

正因为此，于凤至的善举和付出，让他深感欣慰。自己事情太多分不开身，妻子于凤至帮助他解决了实际的困难。

而身为秘书的赵一荻也被张学良送进奉天的一所大学学习。赵一荻写得一手娟秀的字，精通英语，并熟谙密码。在张学良的生活中，两位优秀女子，可谓他的左膀右臂。

于凤至是一位非常有远见的女性，经过一段时间的思想斗争和细心观察，她从赵一荻身上发现了很多长处。身为女人，张学良对赵一荻的感情，于凤至也看得清清楚楚，她表面上可以装作无所谓，但心里却依然有着不安和醋意。于凤至清醒地认识到，自己与赵一荻相比，存在着一些不足之处，两个人的共同点都是深爱张学良，并全心全力支持张学良的大事业。

为此，于凤至向张学良提出，自己打算与赵一荻合作共事的想法。张学良见夫人主动提出，开心得像个孩子，还"啪"地立正，给夫人敬了一个标准的军礼。

赵一荻被接入帅府，此时已有身孕。于凤至以宽容大度的情怀，接纳和照顾着赵一荻。赵一荻在帅府更是识大体，顾大局，处处以自己贤良的品德维系着整个家庭的和谐。

赵一荻怀孕期间，背上生出一个险恶的痈疽，俗称"搭背"，也就是人们常说的恶疮，因久治不愈，于凤至主动提出陪赵一荻去天津治病。一则可寻求名医，二则可使赵一荻母女重逢。

天津名医提出要保命就要打掉胎儿。于凤至十分恳切地请求医生用最大的努力，多想良策保证母子平安。

赵一荻见于凤至对自己如此关怀，非常感动，泪眼迷离。自己本是第三者，孩子就算生下来，也无名无分，可是，于凤至却珍惜自己腹中骨肉，这个女子的心胸是多么宽广呀！

于凤至还联系到赵一荻的母亲到医院看望和护理赵一荻。

在医生的医治下，赵一荻顺利生下一个男婴，虽然早产，但母子平安。孩子取名闾琳，也就是美玉之意。

待孩子满月，赵一荻身体恢复，回到奉天，大帅府大庆一番，迎接赵一荻母子归来。

在家宴庆祝活动中，于凤至当着各位老夫人及客人的面，明确了赵一荻的身份。她告诉大家，赵一荻和她一样，都是张学良的夫人，因为赵小姐经常帮助丈夫处理公务，还是称她秘书，绝不能视为寻常的姨太太。

于凤至的宽宏大度，让所有人折服，并艳羡张学良身边有两位才貌双全的贤内助。

那道藏在两个女人之间的界线，似乎根本看不见，即使有，也会渐渐淡去。身为张学良的妻子，应该辅佐他，帮助他，这个共识，于凤至和赵一荻已默默达成。

南京之行

1929年3月间，华北地区爆发了规模空前的蒋桂军阀混战。由李宗仁、白崇禧等人领导的强有力的广西派，为了争夺湖南、湖北的地盘，向蒋介石的权威地位发起了直接挑战。

张学良此时在东北励精图治，得知蒋桂之间的战争爆发，4月2日，张学良与张作相和万福麟两位副司令联名发表通电，谴责桂系，支持蒋介石。

不久，蒋介石策动桂系将领倒戈，打败了广西派对手，迫使他们逃往香港。

此次胜利，使蒋介石更加野心勃勃，他开始清理持不同政见的反对派，此举激起国民党内部很多人的反对。

同年10月19日，宋哲元将军以冯玉祥麾下27名将领的名义，发布联合讨蒋檄文，要求冯玉祥和阎锡山领衔发动一场讨蒋战争。由此，河南平原上开始了一场"南北之间的大战"，冯部和蒋部势均力敌，相持不下。

1930年2月，阎锡山乘张发奎讨蒋之机，向蒋介石发难，命令自己所率晋军向山东和河南的蒋介石部队进攻。中原大战在中国腹心地带上演，各军阀势力相当，难分胜负，战事相持不下。

此时张学良在关外拥军数十万，谁得到他的支持，谁将赢得这场战争。在此背景下，蒋介石和各路军阀都想争取他的支持。

面对各派军阀的拉拢，张学良在这场大战的开始采取中立观望立场。毕竟，此时张学良为维护东北来之不易的繁荣稳定局面，不想因参加中原大战冒险。

3月1日，张学良对中原大战的第一个公开反应是向交战双方发表通电，通电指出，蒋、阎二人在关于国家和人民前途命运问题上政见不同，但武装冲突、国家分裂绝对不符合国家和人民利益，恳请双方珍惜国家统一局面，各自退让，罢兵息争。

蒋、阎双方极尽所能，拉拢张学良。时间即将走至6月4日——张学良30岁生日。因1928年6月4日，张作霖被日军炸死，张学良生日即是父亲难日，所以他将生日改为6月3日。

1930年6月3日，正巧也是于凤至的生日。在张学良生日之际，全国各方代表云集奉天。

蒋介石派李石曾由南京赶往奉天，祝贺张学良生日，并亲拟贺电，表示庆贺。

为得到张学良的支持，6月21日，蒋介石派张群带着国民党中央政府委任状来到奉天，向张学良呈上"张学良为国民革命军陆海空副总司令"的委任状。

1930年9月10日，张学良在奉天召开了东北高级军政人员秘密会议，在会上，张学良指出：东北地处边陲，日本窥伺已久，要想抵制日寇入侵，必须保持国家统一。蒋介石虽然不可靠，但较之北方军事联盟要胜出一筹，为实现全国统一，必须早日息兵言和。东北军必须以武力入关，助南京中央政府实现统一大业。

1930年9月18日，是张学良人生之旅中最为辉煌的日子。张学良在这一天，再次召开高级军事会议，当众宣布奉军第四次入关，要武力制止中原大战，要从国家和民族的大局出发，再造统一。

张学良将军向全国发出通电后，亲自披挂出征，挥师入关，东北军大展雄风，势如破竹，于21日占领天津，26日便进驻北平。

战争风云急转直下，汪精卫、阎锡山、冯玉祥阵线不敢与之争雄，顷刻土崩瓦解，阎、冯两位不得不宣告失败，联名通电下野。

金戈铁马，气吞万里如虎的张学良成了人们交口称赞的"再造统一"的盖世英豪。

南京政府对其褒扬之至，张学良于10月19日在沈阳正式就任全国陆海空三军副总司令，南京政府命张学良将其眷属迁往北平，进驻西城的顺承王府，驻节北平，统管华北、东北的军政大事。

张学良受此重任，深表感激，致电向蒋介石表示"谨当从总司令之后，为党国服务"。随后，蒋介石特意邀请张学良赴南京，商议华北善后问题。

同年11月8日，张学良由护卫队护送至南京。途经天津时，张学良受到热烈欢迎；蒋介石派义武大员亲抵南京欢迎张学良一行，沿途车站，欢迎张学良的标语随处可见。

11月12日，张学良抵达南京。军舰一靠岸，就听见码头停泊的各种船舰一起拉响长笛，欢迎张学良。张学良在宋子文等人的引导下，在岸上绕场一周，挥手向欢迎的人群致意，献花的人争先恐后将手中的鲜花送上前来，张学良受此隆重接待，非常感动。

高亢的《观上将》乐曲中，张学良向夹道欢迎的成千上万的百姓挥手致意。随后，张学良登上蒋介石派来的专车，直抵中央党部。汽车尚未停稳，身着长袍的蒋介石已伸出双手欢迎张学良。

张学良深感震惊，连忙跳下车，双方握手。四周一大群记者手举相机,镁光灯不停地闪烁,来访者争先恐后地要把这一不同凡响的珍贵镜头留给历史。

关于这件事,于凤至有详细的回忆:

汉卿去南京接受委任,我随同前往。我们到达南京,受到了极其隆重的欢迎、接待。随后到上海以及苏州、杭州等名胜地区参观访问,每到一处都受到热烈的势头,使我们深刻地感受到政府和人民对汉卿的敬重、赞扬。我们看到了南方的富饶和人文的发达,感受到我们民族力量,增加了中国抵抗日本侵略的信心。蒋介石先生和他夫人宋美龄女士热诚地接待我们,在一起研商国事。

张学良夫妇在南京的日子里,张学良应邀参加各种形式的官方集会,每次张学良出现在大庭广众之下,蒋介石总是和张学良并肩而行;宋美龄和少帅夫人于凤至形如姐妹。

张学良还出席了国民党三届四中全会,他在国民党中央党部集会上发表演说,呼吁和平与统一。

在张学良发表演说时,宋美龄陪同于凤至、张学铭一行到达上海,她们是专程去拜会宋老夫人倪桂珍的。

在黄浦路的一座豪华宏宅,于凤至得以见到宋老夫人的风采。眼前的老人家虽然年过花甲,但是端庄气派,比实际年龄看上去年轻得多。

宋美龄向母亲仔细介绍了于凤至的身世,老夫人满面慈祥的笑容,看着眼前的女子温文尔雅,不卑不亢,容貌秀丽,举止端庄,其风度气质并不比自己的三个女儿逊色,满心欢喜,脱口说道:"说不定是哪路神灵显圣,又给我送来个四女儿吧!"说得在场的人都娇笑不止。

宋美龄道:"妈,人家凤至的生辰比我还在先呢!"于凤至见老夫人略现尴尬之色，遂笑而答道："老人家金口如山说我是老四，我便是老四。更何况中正比汉卿又大许多，你这'第一夫人'称我为妹，会更方便些呀！"

大家一见于凤至说话情通理顺，彼此间更加亲昵。宋美龄想了想，对于凤至说道："你我既为姐妹，可不能马马虎虎，今天就在老太太膝下，置酒换谱才是。"于是，两人互赠礼物，置办了丰盛的酒席，正式结成了金兰之好。宋老夫人对于凤至更加爱如掌上明珠，视同亲生。

拜访过老夫人，几日后，于凤至一行要返回南京，宋老夫人对自己这个干女儿非常喜爱，送给于凤至许多珠宝玉器、金银贵饰。

于凤至百般推却，老夫人一番心意，难以拒绝，宋美龄也强行赠予，于凤至只好叫张学铭如数收下。

于凤至回到南京，蒋介石与张学良得知宋美龄和于凤至拜了干姐妹，都喜不自胜。蒋介石趁热打铁，也和张学良结为金兰之好。

蒋介石所作所为，完全出于政治上的需要。张学良却深受感动，并在国民党中央党部集会上说："我的意向已决，将不遗余力地支持中央政府，维护国内和平。为了这一事业，粉身碎骨，在所不惜。"

张学良夫妇在南京逗留了23天，12月3日，他们向各方辞行，并由衷地感谢南京方面对他们夫妇的热情招待。4日晚7时，张学良偕夫人于凤至、弟弟张学铭、秘书王树翰及随员鲍文樾等离开南京，宋子文、何应钦等均过江欢送。

张学良南京之行意义重大，此行消除了南北双方潜在的分歧，为南北之间的真正合作铺平了道路。通过这次访问，张学良实现了在9月18日通电中阐明的初衷：平息了内战，实现了国家的"统一"。

祸 起

　　南京之行，于凤至广博的学识，高雅的谈吐，端庄的举止，时髦的打扮，无愧于"东北第一夫人"的称号。正因为她气质出众、姿色超群，与留洋多年的宋美龄不分伯仲，使得在此番会晤结束后，宋美龄对她非常欣赏，并在蒋介石面前对于凤至多有美言。

　　蒋介石也不由地对于凤至刮目相看——能让宋母都喜欢的女子，自然有不凡之处。

　　宋美龄和于凤至聊天时，于凤至谈及丈夫张学良每每遇到举棋不定的事会多与自己商讨，自己也会给出丈夫意见，帮助他将事情考虑周全。宋美龄对此非常欣赏，并向蒋介石谈起张学良夫妻的感情之事。

　　蒋介石听罢大笑，也点头称是，也多亏了张学良有此贤妻，不然张学良这具给毒品掏空了的身子，又怎能担起治理华北、东北的重任呢？

　　宋美龄的善良、诚实、丰富的学识以及高雅的风度，使我尊敬、仰慕，我们彼此情投意合，遂结拜为金兰姐妹，宋母太夫人慈祥、仁爱，很喜欢我，收我为义女，蒋先生和汉卿也互换了金兰帖。我们对宋家关系中的孔祥熙夫妇印象很好，他显示出忠厚的品质，宋子文则颇有学者风度。一次，宋美龄提到：蒋先生对她很好，但对和政治有关的事务，一向不征询她的意见，自行其是。汉卿告诉她：有些军政大事经常和我谈论，并且听取我的意见。宋美龄问我究竟，我说：这是因为我们自小相识，无所不谈成为习惯。尤其他父亲故世后，重担压身，大事也和我说说，听听我的意见，好把事情考虑周全。对此，宋美龄表示十分赞赏。我说：你的学识渊博、风度高尚，对蒋先生是有影响的，你将有助于他治国。

南京之行的张学良，正是毒瘾最为严重的时期。只要遇到事情，稍有不顺，他就要注射一剂吗啡以缓解情绪。

此次南京会晤，为提精气神儿，张学良也一直依靠毒品注射，让自己看上去意气风发。蒋介石也知此时的张学良毒瘾甚重，尽管委其重任，其中也不乏政治作秀的成分。事实上，他对张学良依赖毒品这件事，内心是十分轻视的。

于凤至随张学良南京之行，不仅事无巨细地照顾张学良的身体，社交场合，于凤至也为张学良挣足了面子。

张学良在内心深处，也为对于凤至将各项事务打理得妥帖周全深感于怀。

回到奉天后的张学良踌躇满志，1931年4月18日，张学良由奉天到北平组成副司令行营，以戢翼翘为行营参谋长，王树翰为秘书长。他在顺承王府办公，开始执行陆海空副总司令行营职责，并兼任东北边防司令长官公署长官。

5月5日，南京"国会会议"开幕，张学良被推为主席团成员之一。与会人员合影时，张学良被安排在前排中央特意空出的位置，与蒋介石并列。

张学良被蒋介石器重，深为感恩，一腔热血，化作行动。他完全依附于蒋介石，在他看来，只有蒋介石才能担当统一中国的重任，才能实行开明政治，才能外御列强、内救百姓，中国才能从此走上他所希望的强盛之路。

张学良事实上却并不了解蒋介石的为人和其对权力的野心，他此时盲目地服从与支持蒋介石的一切命令。

1931年5月21日，张学良在南京参加国民会议后返回北平，由于他染上了重伤寒，又因长期吸毒，身体极为虚弱，一病不起，甚至不能坚持日常工作，不得不由于凤至陪护着住进了北平位于东单三条的协和医院。

住院期间，东北发生了几件引发中日争端的大事。日方已多次制造事端以观张学良等的反应，较大的有"万宝山事件""中村事件"等，并于8月下旬调动驻朝鲜的两个师团至图们江边进行水陆军事演习。

这一时期，张学良深怀民族义愤、杀父之仇，对日本人提的无理纠缠一律采取了强硬的政策，对日本人的挑衅行为决不退让。

在于凤至的细心照料下，张学良的身体有所恢复。

1931年9月18日，张学良邀请英国公使蓝浦生夫妇在北平前门外中和戏院，观看梅兰芳为赈灾义演的京剧《宇宙锋》。戏剧正演在精彩之处，东北来了急电。东北边防军司令长官公署参谋长荣臻从沈阳打来长途，有紧急事项报告。张学良听闻立刻辞别蓝浦生夫妇，返回协和医院。

电话那端，张学良由荣臻口中得知：日本铁道"守备队"约一中队，向东北军北大营射击。

这是一场盘踞在中国东北的日本关东军精心策划的阴谋。1931年9月18日夜，日本铁道"守备队"炸毁沈阳柳条湖附近日本修筑的南满铁路路轨，嫁祸于中国军队，并以此为借口，炮轰中国东北军北大营，震惊中外的九一八事变爆发。

九一八事变后，天津《庸报》刊发《张学良的九一八之夜》一文："民国二十年九月十八日夜，日本关东军发动大规模进攻，一路烧杀抢掠，无恶不作，东北三省之同胞陷入水深火热之中，而东北军之最高统帅张学良将军彼时却正与红粉佳人胡蝶共舞于北平六国饭店……"

大街小巷的人们也纷纷揣测张学良当晚的行为，有人说他和于凤至、赵一荻在看戏，也有人说他在六国饭店参加舞会。

人言可畏。自接任父亲的位置以来，棘手之事一件接着一件，人们甚至将矛头对准了他的"小妹"赵一荻，大众不仅把张学良吸毒的根源栽到了她的头上，更是写出"赵一荻风流朱五狂"等不负责任之诗，指责她是红颜祸水，祸国殃民。而张学良也背上了"不抵抗将军"的黑锅。

事实上，那晚，张学良虽然不在奉天，但他一接到日本人进攻的消息，马上和参谋们商量对策，有主战派，也有劝和派，双方争执不休，直到蒋介石一封密报，要求张学良必须坚持"不抵抗政策"，以观后变，张学良无从选择，听从了蒋介石的命令。

于凤至在晚年的回忆录中也极力为张学良开脱，她认为张学良是主动将政府的过错揽在了他一人的身上，使刚刚成立的南京国民政府不至于背负"丧权辱国"的骂名，维护了中国初步统一的稳定局面：

日本久已图谋侵占东北以及全中国，借阎锡山、冯玉祥叛乱引发中原大战造成中国元气大伤，以及东北军将主力部队调进关内平乱、东北地区军力空虚的时机，发动了九一八事变，开始了侵略中国的战争。

日本侵占我国领土，对中国人烧杀抢掠，使得全国人民义愤填膺，纷纷要求抗战，全国上下指责汉卿不予抵抗。事实则是东北境内久已存在日本军队，并且布防在各要冲，日本的军力更远超过中国的军力。东北军的将领大多是在日本学习军事，或者对双方的军队的情况有清楚的了解，所以，在军事会议中，都主张避免正式开战，而且事关国家大局，要遵从中央的指令。当时，中央是十分明确地下达命令："尽量避免和日本正式武装战斗，以谈判为主。"同时一般都认为日本不会冒天下之大不韪，侵占中国；世界上的列强也不会容许破坏国际环境，有损他们的政治和经济的利益。所以，日本进犯沈阳，汉卿决定暂作撤退，不予抵抗，由中央要求"国联"（国际联合会）制止日本侵略。

在日军不停的进犯下，汉卿命令各地方部队尽力抵抗和展开游击战。中央政府主政者汪精卫，为此特来北平研议，汪说：中日两国军力相差太大，中国需要时间整军才能抵抗，现在东北军先暂作抵抗，以应付人民群众的责难。汉卿向他提出要求中央部队一同对日抵抗，汪精卫拒绝。在此情况下，汉卿命令部队守地形要隘阻敌。

九一八事变震惊了全国，张学良的精神日益崩溃，毒瘾也越来越重，原本英姿飒爽、俊逸飞扬的少帅转眼一副病态，自甘堕落。

赵一荻和于凤至见张学良如此状态，心如刀绞。

面对自己深爱的人，于凤至和赵一荻轮番劝慰，希望张学良能够打起精神，重振雄风。张学良虽然明知自己应该振作，但毒瘾深重，流言如箭，父仇未报，再负骂名，他简直万念俱灰。

看着张学良此时的模样，于凤至绝不会让自己的丈夫就此消沉下去，她四处奔走，对张学良戒毒的事，小心翼翼，寻找良方。

九一八事变使张学良成了众矢之的。1932年2月21日，日本关东军十余万精锐部队向热河发动全面进攻。

蒋介石电令张学良一定要守住热河，与日决战，并承诺派六个师前去增援。张学良以为蒋介石真的要抗日，兴奋异常，立即布置防线，集结十余万众要和日军大干一场。

然而，因准备仓促，加之人心涣散，防御工事脆弱，将官心怀二志，指挥不灵，张学良所部东北军短短十天之内便输掉了战争。国人将所有的怒气都投射到了张学良身上。无奈之下，张学良只得引咎辞职，但来自全国的声讨声还是源源不断地向他袭来，蒋介石便建议他携带家眷，前往欧洲调整休养，顺便考察各国国情，也提升中国的国际影响力。

1933年，张学良终于下定决心戒除毒瘾。凭着惊人的意志力，张学良终于戒掉了折磨他将近十年的毒瘾。

刚戒毒成功的张学良十分虚弱。他四肢无力，无法集中精神。在于凤至、赵一荻、主治医生米勒等众人的多方努力下，张学良虽然体能上看起来非常糟糕，精神上却焕然一新。于凤至和赵一荻也不离不弃，一直陪伴在他身边，想着各种办法给他安排合理膳食，增加营养，并陪伴他做一些康复运动。就这样，张学良在于凤至和赵一荻的尽心照料下，安心度过了一个多月的休养期，身体康复了许多，精神也日渐饱满，不久，他终于恢复了以往的精气神儿。

无官一身轻的张学良戒毒成功，欧洲之行被提上日程。

1933年秋，张学良带着于凤至、赵一荻等人登上了开往欧洲的邮轮。

外面的世界很精彩

张学良此次出国考察，并无固定计划和路线，虽然已下野，但他并没有因为被革职而陷入悲痛，相反，戒毒成功，没有官职压身的轻松，使他对欧洲之行充满期待。

张学良此次出行，目的只有一个——学习西方文明，振兴中华，富国富民。

欧洲之行的第一站是意大利。在出国前，宋子文曾带领意大利驻中国公使齐亚诺拜访张学良，谈及出国行程，齐亚诺邀请张学良及家人与他同行，先至意大利。

在意大利，齐亚诺引导他们游览了古代的罗马教堂，观赏了举世闻名的威尼斯水乡风光。

在意大利的日子里，张学良及家人每天欣赏着这里新鲜的景物，品尝着不同于国内的美食，这天，张学良接到了齐亚诺的电话，齐亚诺告诉张学良，墨索里尼及夫人将于次日上午八时会见张学良夫妇。

张学良闻听，惊喜异常，他出国并不是为了观光，而是要探索救国之道，能受到意大利最高元首的接见，对他来说，求之不得。

次日，张学良偕夫人于凤至来到一所哥特式的公馆中，随员顾问端纳英语纯熟，充当翻译。

意大利方，墨索里尼偕夫人接见他们，陪同人员是意大利驻中国公使齐亚诺。

此次会见，张学良与意大利总统墨索里尼的谈话中，张学良对墨索里尼的治国理念表示认同。

张学良有感于中国内战不断，貌合神离，因而对墨索里尼强硬的治国手段表示钦佩。张学良在思想上倒向了唯心的英雄史观。在他心中形成了一个意识：只有大家都真诚地拥护领袖，国家才能安定。

随后，张学良决定去德国逗留数日。他要拜会希特勒，听听他的观点。

随后，他们来到了德国。在德国，张学良见到了希特勒，也领教了希特勒的野心勃勃。希特勒并没有给张学良留下好印象，但张学良却坚信了一条：一个国家的兴衰完全是由领袖决定的，联想到自己的国家，他认为蒋介石的领袖地位目前也无人可以替代。张学良颇受影响，决定全力拥护蒋介石。

张学良每每和于凤至聊起自己此行的所见所闻，充满爱国激情。于凤

至见丈夫如此,唯有支持。她回忆道:

我们对各国的经济、政治、军事等作了了解、考察,参观了一些军事设施和军事工厂,对欧洲各国的富强和现代化印象深刻。汉卿对意大利在墨索里尼的领导下的迅速复兴很为赞赏,认为中国应学习法西斯的一些好的方面。并认为中国需要一个领袖,全国需要一个中心,使中国迅速强大起来。他说:他要拥护蒋介石成为全国的领袖,振兴中华,打败日本,收复东北。他对蒋介石是心存希望的。

汉卿亲身经历日本、俄国在东北的侵略,深切体会到中国的落后所带来的苦难,加之大帅遇害,这些国难家仇,使他心中一直在探索如何复兴中华。所以,他才易帜使中国统一,他才率东北军入关平定阎锡山、冯玉祥的叛乱。他一直反对内战,要一致对外抵抗日本。他赤心爱国爱民,愿意为国牺牲,无怨无悔。

张学良在德国待了几天,伊雅格发来电文,迎接张学良的伦敦之行。

伊雅格与张学良相识于奉天基督教青年会,伊雅格当时在青年会兼职,由于年龄相近,爱好相同,性格投缘,二人很快就结成密友。伊雅格也成为帅府的常客。在1925年张学良出资筹办的远东运动会上,高尔夫球的决赛就是在二人之间进行,结果,张学良获得冠军,伊雅格获得亚军。从此,伊雅格成为张学良亲如手足的外籍朋友。

伊雅格1897年出生在美国加利福尼亚州一个名叫卡登的小村子里,父亲是当地颇为富有的庄园主。伊雅格少年时就喜欢铁路,纽约大学土木建筑专业结业后,随叔父库克来到中国,先后在广东省和东北三省监督建造铁路,后来就久住奉天。

那时,东三省铁路还处于初建时期,张作霖认为要与日俄强邻抗衡,必须发展东北的民族工业,而运输问题则是当务之急。于是,精通铁路建设的伊雅格叔侄就在京奉铁路奉天办理处处长常荫槐的引荐下，开始参与东北的铁路建设。张作霖在他们的帮助下，不但重修了京奉铁路，还筑建了奉天至赤峰、通辽，奉天至吉林、四平以及奉天至齐齐哈尔的铁路运输线，对他二人格外器重。

张学良主政后，伊雅格作为张学良最倚重的外籍朋友，曾被礼聘为东三省铁路督察公署顾问。1929年5月，伊雅格又被张学良派去与欧美军火商人谈判商购军火。作为张学良的特任全权代表，经常出使英国和意大利等国，东北军的飞机、军舰、装甲车、枪弹等，均由伊雅格代为购买。凡是经伊雅格出面洽谈的军火生意，无不购进顺利，并且价格公道。这样一来，张学良对伊雅格就愈加信任与重视。1929年冬天，伊雅格作为东北军的军械谈判代表，常驻南京，直接与包括蒋介石在内的政府要员打交道。

此次欧洲之行前，于凤至已决定让孩子们留在英国学习，张学良交给伊雅格一笔钱，并让他存入英国银行，嘱托他为孩子们寻找补习功课的学校，以备孩子们升入当地的高中或者报考中等专业。如今，伊雅格将张学良嘱托之事一一办妥，并发来电文，迎接张学良一家的到来。

到达伦敦，张学良一家得到伊雅格的精心照料，伊雅格为他们租了舒适的住所，张学良的三个孩子——长子张闾珣、次子张闾玗和大女儿张闾瑛如期进入了补习班。一家人在此愉快地安居下来。

张学良每天都由伊雅格引导、端纳随行，深入伦敦的工厂、学校，做了大量社会调查。在英国的日子，他心情极佳，身体也得到了很好的康复，体重也不断增加，焕发了当年少帅的风采。

他内心充满激情，等待回国再度出山，为自己的祖国干一番轰轰烈烈的事业。

他也切切实实地为西方文化所感染，决定让子女们全部留在欧洲学习，培养他们更为健全的人格。

于凤至对欧洲文化向往已久，她也特地在英国牛津大学和剑桥大学走访，这里学术体系之完备，治学理念之严谨，都是中国教育所缺乏的，她也看到了自己以往所学的缺陷，萌生了让孩子们留在英国学习的想法。但是，让孩子们单独留在欧洲，她也放心不下，所以，她暗自决定留下来，陪伴孩子们在这里学习。

张学良在欧洲游访了近六个月之久。当他抵达丹麦哥本哈根时，蒋介石的加急电报拍到了他的办公室。国内政局不稳，蒋介石紧急召张学良回国"剿杀""共匪"。

被蒋介石重新起用，张学良简直是归心似箭。

于凤至却并不乐观。蒋介石电召丈夫回国，目的并不清楚，况且，九一八事变和热河之战，已让张学良倍受重创，回国是福是祸，她内心很是忐忑。

1934年1月，于凤至告别了欧洲，与张学良回到了魂牵梦萦的祖国，留下子女在英国入学。

第五章

陪伴与别离

西安事变爆发时，于凤至正在英国陪孩子们读书。惊悉丈夫被蒋介石拘禁，她心急如焚，忍痛把三个年幼的孩子托付给友人照料，不顾身躯羸弱，万里迢迢地只身赶到上海。经由宋氏兄妹通融，她被允准同张学良见面，陪侍在他身边。

软禁与陪伴

张学良回国后，国民政府任命他为豫鄂皖"剿共"副总司令，于凤至陪着张学良征战南北，辗转各地。但身为人母的于凤至怎么放心得下远在欧洲读书的子女们呢？

关于于凤至随张学良从欧洲回国一节，国内一些文章和书籍大多语焉不详。许多纪实作品均记载随张学良一同从欧洲回来的并不是于凤至，而是他的"红粉知己"赵一荻女士。

而于凤至的回忆文章，则揭示了1934年她随张学良一起返回国内的情况：

汉卿回到南京，下令东北军南下。有小部分将士脱队。大部分将士相信张汉卿的抗日决心和意志，抱着要打回老家去的决心，坚持在队伍里战斗。汉卿说：大家跟着我打回老家去。

随着"剿共"形势的发展，汉卿在几个地区移动，始终是担任着全国军队的副总司令职务。我随汉卿先后在南京、武汉居住。在和宋美龄的来往中，我们谈及欧洲的文化和我的感受，她有同感，彼此间有进一步的相知。汉卿被调往西安执行"剿共"任务，我在西安居住。后因为孩子们在英国上学和生活要安排，我前往英国。

于凤至收拾行囊，再一次登上了前往欧洲的巨轮。她万万没有想到，这一别，几个月后，就在西安这座古城发生了震惊中外的西安事变。

于凤至回到英国，孩子们都顺利进入学校读书，于凤至也得以安心陪伴孩子，并有大量时间安心读自己喜欢的书籍，日子过得十分安宁，她的身体状况也比以前好了许多。

于凤至甚至打算年底再回国一趟。国内风云变幻，丈夫张学良在蒋介石的指挥之下，做了许多牺牲，吃尽了苦头，她的心里无时无刻不担心着张学良的安危。

为了能够第一时间了解到国内的情况，于凤至特意订阅了《泰晤士报》和中文版的《中央日报》，从这些报纸上，她能够大致了解国内的形势，也搜索着丈夫的各种信息。

此时的国内，随着日本入侵的步伐日益加紧，中国的大片国土开始流失，蒋介石却坚持"攘外必先安内"，要先"解决"共产党，再考虑打日本人。他血腥地屠杀着共产党人。

蒋介石这次召张学良回国，是因为1933年蒋介石组织数十万大军对苏区红军，尤其是井冈山的中央苏区进行第四次"围剿"，但遭到红军的顽强抗击。"中央军""围剿"失败，损失惨重。蒋介石于是想调动东北军参加"剿共"，但东北军将领根本不听他的。蒋介石苦于无奈，这才召张学良回国共谋大计。

1934年1月，张学良踌躇满志地踏上故土，一心要率东北军杀向抗日前线，结果蒋介石却特封他为"鄂豫皖'剿匪'副总司令"让他去"剿共"。张学良从内心深处就不想内战,他主张的是"攘外安内",把日本人打跑才是当下的要紧事,然后再去解决中国人自己的事情,而绝不是此时外敌来侵,中国人还自己人打自己人:

> 我跟蒋先生两个冲突,没旁的冲突,就是冲突这两句话,就是两句话:他是要"安内攘外",我是要"攘外安内"。我们两个冲突就是冲突这点,没有旁的冲突,一点冲突没有,旁的没有冲突。

张学良虽不太乐意,但一心效忠于蒋介石的他还是率10万东北军赴西南参加"剿共"。

此时,张学良身为国民党军政大员,"剿匪"副司令,他呼吁"国共合作",停止"自相残杀",一致对外,并公开向世界电讯记者坦言。

1934年6月8日,汉口的英文《自由报》发表了《张学良关于国共联合抗日主张》的谈话内容。同日,日文报纸也发表了张学良的讲话。

张学良为效仿德、意法西斯的一套,拥护蒋介石为领袖,组织了四维学会。四维学会成立地点就是汉口银行工会,总会也暂设在这里,8月15日移于武昌。

四维学会以"实践礼义廉耻,奉行三民主义,恢复固有领土,复兴中华民族"为宗旨。对会员入会也有相应的条件限制:凡中华民国国民能赞成本会宗旨,遵守本会信条,由会员3人之介绍,经理事会之核准者,得为本会会员。并且对会员宣誓也加以严格要求,宣誓时应向党国旗及总理遗像行四鞠躬礼,宣读誓词,饮冷水一杯,定每月18日晚10时举行。入会者要按照会中要求严格要求自己:对待个人,要求他们增进健康,要每日早起早眠,劳动至少1小时,戒除不良嗜好;增进知识,要每日读书或研究问题,至少1小时;增进道德,要明礼仪、知廉耻、负责任、守纪律；对待团体要求他们绝对服从领袖，爱护国家，恪守本纪律，爱助本会同志；对社会则要求他们要提倡生产建设，提倡使用国货，改良风俗提倡新生活；对国家则要求他们要尽自己责任，明是非别善恶除贪污，于国家需要时尽最后最大之牺牲。

不仅如此，会员也应该了解并遵循会礼。对待领袖和普通会员的会礼是不同的：对待领袖须行本会最高敬礼，以右手高举握拳，表示团结，拇指嵌入，表示拥戴领袖；而会员互见时行敬礼，以右手加额，四指并列，拇指屈入，表示以礼义廉耻相勉。四维学会以一柄长剑，中托四维为会徽。剑形象征权力，剑上三星寓意"以权力拥行三民主义也"；柄缠五线，寓意"五权在握也"；剑托四圈，寓意"以思维保障民族之生存也"。

蒋介石出任名誉会长，张学良为会长，核心成员中既有蒋派人物，如戴笠、贺衷寒、刘健群等，同时也包括了张学良方面的阎宝航、王卓然、王化一等东北军将领。

虽然张学良建此学会是为了加强东北军同"中央军"、黄埔系的合作，实现民族复兴的目的，但是成立后的四维学会并没有太大的作为。张学良还曾建立了一个抗日秘密组织，蒋介石、戴笠都参与过。

四维学会成立后，王卓然、王化一等理事去南昌面见蒋介石，汇报四维学会的成立情况。蒋介石对他们说："四维学会成立之始，生气过大，引起胡汉民反对，要求四维学会绝对秘密，不以它的名义做活动，入会手续要严格，反对分子不许加入。"实际上是限制四维学会的活动。

不仅如此，原先的复东会领导人，如阎宝航本来就不愿意加入四维学会，在张学良一再劝勉之下，勉强加入。成立后的四维学会要求服从"一个领袖，一个政党"，更加引起原来复东会成员的不满。当高崇民了解到"四维学会"仍是蒋介石的御用组织后，便不听张学良的劝告毅然而去,甚至马占山也当面指责张学良不该宣传法西斯主义,拥蒋反共。张学良左右的其他亲信幕僚,如卢广绩、苗剑秋等也给他施加影响,对他形成一个强大的精神压力。虽然张学良积极奉行蒋介石的"攘外必先安内"政策,帮助蒋介石打内战、"剿共",但是同红军作战屡屡受挫,军中将士抱怨不断。由此张学良开始认真地审视"攘外必先安内"政策,对蒋的真"剿共"、不抗日的举措越来越不满,终于在1936年12月12日发动了西安事变,扣押了蒋介石。西安事变的发动也预示了四维学会的夭折。

1934年10月,中央苏区红军在王明错误路线误导下,第五次反"围剿"失败,不得不离开井冈山北上,开始了举世闻名的二万五千里长征。

1935年12月,瓦窑堡会议根据日本加紧侵华后中国国内阶级关系的新变化,确立了建立抗日民族统一战线的策略方针。

1936年5月,中共中央发布《停战议和一致抗日通电》,放弃了"反蒋抗日"的口号。9月1日,中共中央发出党内指示,明确提出党的总方针是"逼蒋抗日"。同时,对张学良、杨虎城及其所部大力开展统一战线工作,争取他们停止内战、共同抗日。民族危亡之际,红军和东北军、第十七路军达成"停止内战,一致抗日"的主张,三方确定在共同抗日的原则下,各守原防,互不侵犯,互派代表,密切联系,共同为抗日做准备工作。

1936年12月1日,毛泽东、朱德、彭德怀等红军领导人联名发出《致蒋介石先生书》,要求化敌为友,共同抗日。遭蒋拒绝。

1936年12月3日,张学良亲赴洛阳见蒋,要求蒋放弃"剿共"政策。

1936年12月4日,蒋介石亲赴西安督战,并镇压当地抗日青年,逼迫东北军和十七路军"进剿"陕北红军，遭到张学良、杨虎城的抵制。

1936年12月6日，张学良、杨虎城紧急研究后，决定在蒋介石由南郊回临潼的途中，秘密将蒋介石捉起来。但计划有变，未能实施。

1936年12月7日，张学良亲自到华清池见蒋，再度向蒋痛陈只有联合对外才能安内，此建议再度遭蒋拒绝。蒋的固执态度使张、杨意识到：苦谏、哭谏均不能改变蒋的"剿共"决心，遂断然采取兵谏。

1936年12月12日，为挽救民族危亡、劝谏蒋介石改变"攘外必先安内"的既定国策、停止内战一致抗日，张学良、杨虎城毅然在临潼对蒋介石实行"兵谏"，扣留来陕督战的蒋介石，发动了震惊中外的西安事变，又称"双十二事变"。

张学良和杨虎城向全国发出了"改组南京政府，容纳各党各派，共同负责救国；停止一切内战；立即释放上海被捕的爱国领袖；释放全国一切政治犯；开放民众爱国运动；保障人民集会结社一切政治自由；确实遵行孙总理遗嘱；立即召开救国会议"的救国八项主张。

事变发生后，南京国民党政府中以汪精卫、何应钦为首的亲日派极力主张进攻西安，阴谋扩大内战，企图乘机夺取蒋介石的统治权力，进一步与日本帝国主义妥协。英美帝国主义及亲英美的宋子文、孔祥熙则希望事变和平解决，以维护蒋介石的统治地位和英美在华利益。

扣留蒋介石后，张学良致电毛泽东、周恩来："吾等为了中华民族抗日利益，不顾一切，今已将蒋等扣留，兄等有何高见，速复。"接到张学良的电报后，中共中央紧急开会商定，对张学良、杨虎城积极援助，力促实现抗日主张。一面于15日和19日先后两次致电南京政府和国民党中央，提出和平解决西安事变的主张和具体建议；一面应张、杨之请求，集中红军主力南下西安附近的三原、泾阳等地，向东北军、第十七路军靠拢，准备随时迎击国民党对张、杨的"讨伐"。同时，中共中央派周恩来为全权代表到西安和谈。

12月17日下午，周恩来等作为中共中央代表飞抵西安。周恩来与张学良商谈了关于正确解决西安事变的问题，经过与张学良、杨虎城分别谈话，三方面确定了和平解决西安事变的方针。

12月23、24日，中共中央代表周恩来，国民党代表宋子文、宋美龄，与张学良、杨虎城进行了谈判。最后达成六项条件，其中包括改组国民党和国民政府，驱逐亲日派，释放上海爱国领袖，释放一切政治犯，停止"剿共"政策，联合红军抗日等。

12月24日晚，周恩来在高桂滋公馆会见蒋介石，当面向蒋介石说明中国共产党抗日救国的政策。蒋介石表示同意谈判议定的六项条件，但他要求不采取签字形式，而以他的人格担保履行这些条件。西安事变和平解决的局面基本形成。

1936年12月25日，在中共中央和周恩来等人的努力下，蒋介石接受"停止内战、联共抗日"等六项主张，为西安事变的和平解决奠定了基础。西安事变的和平解决，为抗日民族统一战线的建立提供了必要的前提，成为由国内战争走向抗日民族战争的转折点。

12月26日，蒋介石回到南京。

西安事变后，张学良在送蒋介石回南京后被蒋介石软禁起来，并从此失去了自由；杨虎城被蒋介石长期囚禁，于1949年9月17日在重庆惨遭杀害。东北军被分拆瓦解，十七路军被取消。

西安事变的发生及和平解决，促成了抗日民族统一战线的建立，极大地鼓舞了中国人民的抗日热情。

西安事变爆发时，于凤至正在英国陪孩子们读书。惊悉丈夫被蒋介石拘禁，她心急如焚，忍痛把三个年幼的孩子托付给友人照料，不顾身躯羸弱，万里迢迢地只身赶到上海。经由宋氏兄妹通融，她被允准同张学良见面,陪侍在他身边。

张学良到南京后,先是被拘禁在宋子文寓所,后转至孔祥熙寓所,随后被转押到了蒋介石的老家——浙江省奉化县(今奉化市)溪口的雪窦寺内。

于凤至辗转来到溪口,张学良见到于凤至,惊喜交加,惊的是他没想到于凤至远在天涯,会突然"降临"在自己面前,喜的是发生如此巨大的变故,长期不见的两个人,而今得一聚。但他却也悲从心来:自己这样一位叱咤风云的将领,如今却成为报国无门的阶下囚。

于凤至在回忆录中说:

汉卿的羁押,是由军队、警察、宪兵层层戒守,隔离内外。特务更是吃饭同桌,不离左右,日夜在旁监视。在里外隔绝、失去自由的情况下,汉卿所受的精神打击很大,十分痛苦。他白天强颜应付,夜晚回房时独自流泪,经常地吟诵着:"生命诚可贵,爱情价更高,若为自由故,二者皆可抛。"说他愿以自杀来控诉蒋介石如此背信弃义,不守信诺的迫害。我就此向他指出:在军事法庭上,你光明正大地说明西安事变的兵谏,是关乎国家存亡的革命行为,是为了改正错误的政策而兵谏,并不承认有罪。这从得到蒋先生的允诺,采纳我们的主张可以证明。既然我们认为不仅无罪而且行为正确,今天受到非法囚禁,那就要学文天祥等仁人志士的为人才是。我们心有正义,历史会有裁判,怎么能丧失信心!何况,你对东北军几十万将士有责任,对西北军官兵有责任,对儿女有责任,你要战死在前线的心愿未遂,蒋帮如此忘恩负义、背信弃义的报应未见。所以,不但不能自杀,反而要千方百计保住自己的生命,才对得起世人,对得起老帅的在天之灵。他痛定思痛,逐渐认识醒悟,说:"我是应该起来和他们斗到底。"

……

我说，如果我在西安，我是绝不会让你送蒋的，在飞机场我会拦住你。他说，是有人劝我不要送蒋，我不听。……但是，我是从来不后悔的，今天，我无怨无悔，只有恨。

……

汉卿向我说明了事变前后这些事情，向我指出："蒋欺骗大家，自然不会放过每一个人。他们公开处死我，可能感到为难，但必要时，会用办法整死我。你要记住：我已同意你的意见，我决不自尽，我要尽力争取保住性命，以求公道的一天；你也要保重自己，为我把这些事情真相原委传递给世人。世道炎凉，人心难测，有的人会出卖我求荣，有的人会背叛我保命。我们二人要坚强，更要冷静去面对明天和面对这些人。"

今天，我再回忆他的每一句话。这么多年来，他所说的一一出现，世道人心是如此冷酷啊！

时间在溪口雪窦寺中缓慢流逝，于凤至陪着张学良听着每日的晨钟暮鼓，为蒋介石时而表现出的宽赦行为而开怀，也为他长时间的冷落而哀叹。

不久，战争的炮火打破了稳定的生活节奏。七七事变爆发，标志着日本军队开始全面侵华。

闻知此事，张学良非常激动，他让于凤至整出他的戎装，他要向蒋介石请战，请求他派自己上前线杀敌。

于凤至看着张学良兴奋的样子，也为他高兴。日军的炮火点燃了张学良心中奄奄一息的热情，他那双因被囚禁多时而黯淡下来的双眼放射出了久违的光芒。

请战书一封封地发往前线，然而每一封都石沉大海。时间消磨了张学良的意志，他渐渐明白蒋介石不会起用他了，内心充满无助。

于凤至看着丈夫承受着一次又一次的打击，她只能用苍白的语言安慰他，让张学良相信，一切都会好的。

日军想模仿德国进军波兰的方式，用闪电战在三个月内拿下中国。起初，此战术确有奇效。在国民军还未反应过来之际，日军凭借精良的军事装备，一路势如破竹，一举攻进了内陆。

关押着张学良的奉化溪口很快就被日军的铁骑践踏，蒋介石想到了他，但并不是要还他自由，送他上战场，而是要转移他的关押点。

于凤至立刻帮张学良收拾行囊准备上路——转移成功尚有获释的希望，若是为日军逮捕或误杀，那可就万劫不复了。

就这样，在于凤至的陪伴下，张学良被转移到了黄山。五百多公里的路程，对军旅出身的张学良来说，倒不觉得怎么样；而身体素来娇弱又经过大病煎熬的于凤至却饱经颠沛之苦。

他们在那儿住了一段时间，一桩骇人听闻的消息传至黄山——日军已于1937年12月13日攻陷了国民党政府的首都南京。南京沦陷后，在华中派遣军司令松井石根和第6师团长谷寿夫的指挥下，侵华日军于南京及附近地区进行了长达6周的有组织、有计划、有预谋的大屠杀和奸淫、放火、抢劫等血腥暴行，即震惊中外的南京大屠杀，大量平民及战俘被日军杀害，无数家庭支离破碎。

黄山附近的治安也开始出现混乱状态，一些国民党的残兵败将携带枪支进入山区，杀人越货。张学良所处之处，也非常不安全。

为防止出现意外，张学良一行又被解往江西的萍乡。一路上，他们亲眼看到公路上拉着伤兵和军械的卡车一队接一队向西逃窜，撤退的部队和百姓混杂在一起，悲惨景象随处可见。中华大地，民不聊生，张学良悲恸不已，于凤至也心如刀绞。

萍乡是座山城,地势偏僻,交通不便,灾民众多,物资匮乏,于凤至他们住了一段时间,伙食不良,身体状况堪忧,他们再次转移,匆匆赶赴湖南郴州,一路上更是历尽崎岖,苦不堪言。当局选择城外险僻的山顶上一座旧庙作为监禁张学良的场所。当时,那里正流行疾疫,人称"马到郴州死,人到郴州打摆子"。

春节过后,张学良又被秘密押解到湘西沅陵的凤凰山。凤凰山屹立在沅水江畔,沅陵县城东南方向山势险峻奇特,酷似一只振翅欲飞的彩凤,凤凰山也因此得名。

他们被安置在凤凰山山巅的凤凰古寺送子殿里。这是一处年久失修的古建筑,木制地板破损得很厉害,走在上面吱嘎作响。她唯恐丈夫休息不好,连走路都轻轻地,全副心思都放在他的身上,却把自己的健康置之度外。

于凤至的体贴入微,悉心照顾,耐心开导,成为张学良坚强的精神支柱,让他得以顺利熬过那段充满苦难的艰辛岁月。

为了表达对于凤至的感激之情,少帅苦中作乐,怅对苍天吟诵:

> 凤至飞临凤凰山,应是枝鸣逸比仙。
> 怎奈囚夫相拖累,良辰美景也黯然。
> 有朝一日愁眉展,关爱之恩当报还。
> 凄风苦雨总有尽,家国破碎心怎甘。

张学良信口吟出了四句,使于凤至十分感动,这是他对自己真情的流露啊!经过患难的磨砺,他们夫妻之间更加恩爱了。

于凤至为了张学良,陪牢伴狱的三年时光,她饱受颠沛之苦,精神上也饱受压力,但她一刻也没有放松对张学良的安慰、鼓励和悉心照顾，1939 年秋，他们又由沅陵经辰溪、芷江、黄屏、贵阳，被囚禁在了贵州修文县城以北龙岗山阳明洞，这是蒋介石在大陆幽禁张学良的最后一站。

于凤至的身体每况愈下，脸色蜡黄，浑身无力，到达禁所之后，她发现左侧乳房长出了三个明显的肿块，有时痛得厉害，竟至冷汗淋漓。经医生诊断，她患了乳腺癌，必须立即实施切除手术才有存活的希望。

最后，在宋氏兄妹的帮助下，她被允许赴美就医，由赵一荻来替换她照顾张学良。当时是 1940 年 2 月。

岂料，此番分手，竟是夫妇二人的生死长别。

对此，于凤至在回忆录中是这样记述的：

1940 年春，我病了。经送院，检查出患了乳癌，好似晴天霹雳打击我俩的心。对之，我们商量。汉卿沉痛地说："我们怎么办？！你要找宋美龄了，要求她帮助送你去美国做手术。老天爷不饿死瞎麻雀。你会康复的，一旦病好了，也不要回来。不只是需要安排子女留在国外保存我们的骨肉，而且要把西安事变的真相告诉世人。蒋介石忘恩负义，背弃诺言，他是一定要编造这段历史，他一伙是要千方百计伪造这不能见人的历史，你尽量努力帮我完成这个心愿吧。"

面对生离死别，于凤至百般不舍，但自己的身体需要治疗，这是刻不容缓之事，并且，三个孩子还在国外，需要照料，张学良的重托也让她明白，自己是一定要离开的。

商定了于凤至离开以后不要回国的决定之后，于凤至和张学良也商议了两个人如何面对未来：

议及我有可能不治，我要抓紧时间安置好子女在海外的生活，让他们扎根海外，不要回到蒋统治区。我说："蒋介石是要靠美国的，我在美国营救你来美国取得自由。"汉卿说："这是唯一可能了，但是恐怕不成，蒋是不肯放过我的，我没有死之前，虽然因为宋美龄，对你不会下毒手，但也不会放过你，你要警惕啊！……"汉卿应允我，任何情况下决不自杀……还特别明确指出：永远不会认罪，因为自己没有罪，并且是尽了力报效国家了。汉卿说："赵一荻要来了，她会照料我，但是戴笠让她来，就是说明戴能控制她，对这点我们要清醒。"

1940 年，于凤至只身旅美，囚禁中的张学良为她做了周密的安排，使她赴美国治疗以及生活无后顾之忧。

陌生的美国

20 世纪 40 年代初期，远在北美洲的美国，还未卷入战争。此时的美国宁静和平，一派欣欣向荣的景象：纽约已经是美国第一大城市和第一大商港，曼哈顿是美国的金融和经济中心，目光所及，高楼大厦鳞次栉比；美国佛罗里达州，风景优美，人们过着舒适的生活。

1940 年 4 月 25 日中午，于凤至搭乘的上海至美国纽约的国际航班经过一天一夜的飞行，顺利抵达纽约国际机场。

此前，1934 年，她随下野的丈夫张学良带着女儿闾瑛、长子闾珣和次子闾玗离开祖国，前往欧洲时，她在英国曾有一次赴纽约的机会。那时她在纽约做过短暂停留。如今，于凤至再次来到纽约，却只身一人，并且将在这座陌生的城市里治疗乳腺癌。往事如烟，俱涌心头，当年的她与丈夫处于政治舞台的巅峰，到哪里都如众星捧月，如今形单影只，于凤至内心倍感凄楚。

张学良在于凤至临行前叮嘱她，去了美国，虽然孤身一人但也不必担心，那里有他从前的朋友们。张学良还特意交代于凤至去找他们曾经在北平时结识的老朋友詹森·肯尼迪以及他的夫人莉娜。

张学良所说的詹森是一位热心肠的美国外交官，1930年，她随张学良由沈阳去北平任职时，最先结识的就是这位詹森·肯尼迪。当时，詹森·肯尼迪在北平担任美国驻北平使馆的公使衔参赞。他们夫妻俩曾是张学良家中的座上客，相互之间交往密切，友谊深厚。

1934年，于凤至经伦敦首次前往美国访问时，已卸任的詹森·肯尼迪夫妇就将于凤至的下榻地安排在纽约最繁华的曼哈顿中区。

于凤至此次赴美治病，张学良提前写信给詹森·肯尼迪夫妇，请他们对自己的妻子进行关照。

果然，当于凤至和随行的一同前来照顾她的蒋妈在机场不知何去何从时，她听到了熟悉的声音在呼唤她。詹森·肯尼迪夫妇出现在机场候机大楼前，正向她们的方向奔来。

夫妻二人虽然对于凤至和张学良的遭遇非常清楚，但他们依旧热情地专程从华盛顿赶往纽约，迎接于凤至。

在国内见多了世态炎凉的于凤至被这对老友夫妇的热情感动着，他们甚至为于凤至的到来准备了舞会和酒会。

轿车行驶在繁华的纽约街头，路上，于凤至提到张学良正在国内蒙难，她感谢詹森·肯尼迪夫妇的美意，但请他们取消舞会和迎接她的酒会。

当轿车抵达目的地，于凤至发现，自己来到的是初次来纽约曾经下榻过的帝国大厦。面对故友的盛情，于凤至又一次被深深感动。

次日，詹森·肯尼迪夫妇带于凤至游览纽约市容，让她熟悉这里的环境。

经过华尔街，詹森·肯尼迪指着车窗外告诉于凤至，那就是从1792年起就成为全美证券交易市场的华尔街。

汽车停下，于凤至被詹森·肯尼迪夫妇引领着走进人头攒动的证券交易大厅，于凤至看着那些因股票起落而表现得近乎疯狂的股民，她很是好奇：那些股民不出劳动力，在这里怎么能找到发财的机会呢？

毕竟，于凤至从小到大生活都极为富足，不用为衣食担忧，也不用操心经济来源问题，所以对那些股民在股市里狂热的表现，她难以理解。

詹森·肯尼迪告诉于凤至，股市里风云变幻莫测，也许前一秒还腰缠万贯，后一秒就成了穷光蛋。当然，一夜暴富的例子也数不胜数。

于凤至并没有想到，几年后，她将会在这里闯进股海，凭着当年东北大学的教育基础，凭着从富商父亲于文斗那里遗传下来的经商基因，以及当年"东北第一夫人"的胸怀和胆识，在大起大落的股市里纵横捭阖、游刃有余，顺利地掘到她事业的第一桶金。

詹森·肯尼迪夫妇又带于凤至去了东河之滨，东河两岸，风景优美，商业繁华，他们在临河酒吧品尝西点美酒，观两岸美景。

詹森告诉于凤至，自己和莉娜自从收到张学良将军的信件，几个月前就在华盛顿为于凤至安排了一个条件良好的教会医院，以便她疗养和治疗。但是纽约附近只有哥伦比亚医疗中心的哈克尼斯教会医院具备医疗于凤至疾病的条件，所以，他们夫妇二人决定让于凤至住进那所医院。

于凤至当即表示，希望立即住院接受治疗。她知道，詹森·肯尼迪夫妇也是百忙之中抽空来纽约陪伴自己，他们有自己的工作要忙。

詹森·肯尼迪夫妇告诉于凤至，哈克斯教会医院虽然早已预定，但目前还没有供于凤至治疗的床位，需要等些时日才行。

在詹森·肯尼迪夫妇的陪伴下，于凤至虽然来到陌生的美国，但因为有好朋友真诚的照顾和关怀,她内心仿佛被照进了一抹阳光,变得温暖起来,不安和孤独的阴影也渐渐散开。

一定要活下去

几天以后,詹森·肯尼迪夫妇带着于凤至,驱车来到位于纽约城郊哥伦比亚长老会医学研究中心的哈克尼斯教会医院。

医院依山而建,安静地掩映在绿树丛中,医院主楼前是一片极为宽阔的大草坪,看上去非常优雅安静。

詹森·肯尼迪将于凤至介绍给她的主治医生——当时全美闻名的肿瘤科专家温斯顿·比尔教授。

在高鼻深目的比尔医生眼中,这位夫人尽管身患重病,但仍不失东方女性的高贵风韵,当他得知患者是张学良的夫人,本来严肃的脸上现出笑容:"张学良,英雄啊!他可以无愧地称得上你们东方最杰出的英雄!夫人,我之所以如此敬仰张学良将军,称他是中国伟大的英雄,是因为他为了收复东北失地,为了打日本人,敢于把中国军队的最高统帅蒋介石给逮捕起来!了不起啊,他是东方的骄傲!我为结识他的夫人而感到荣幸!"

于凤至没有想到,在这个陌生的国度,自己的主治医生都对张学良赞不绝口,她的内心为自己的丈夫感到骄傲,也为张学良的幽禁生活而倍感焦虑。

随即,比尔医生指出这次治疗的时间非常紧迫,于凤至必须马上手术,若是癌细胞扩散,则必然危及生命。

于凤至已经做好了充足的心理准备,她点点头表示同意。

第五章 陪伴与别离

比尔医生是一位忠于职守的好医生，为了使注重仪表的于凤至不至于因手术失去乳房，他采用保守的手术方案，于1940年初春到深秋的半年多时间，分三次切开于凤至左乳取了三枚已经发生癌变的乳叶肿核，手术过程虽然麻烦，但却减少了乳房外面的创口。

手术进行得很顺利，于凤至左乳内的三枚肿物都清除干净了。

每当落日的余晖透过病房的窗户照入室内，于凤至总会临窗遥望，那连绵的群山间隐约可见的河流像无尽的思愁，使于凤至沉浸在思念故乡亲人的情绪中。

于凤至人在美国治疗，却一直心系着国内的张学良，自从她接受治疗以来，断断续续从前来探望的国内友人嘴里得知了一些关于张学良的消息：张学良在贵州息烽患病，赵一荻已在他身边陪伴……但这些只言片语都是小道消息，于凤至除了担心，别无他法。

于凤至安心进入恢复期，期待着早日康复出院。

但是没想到，比尔从于凤至的病理切片中发现了新的癌细胞组织。他郑重地告诉于凤至，有些癌细胞组织并非仅仅局限在三枚肿物上——于凤至的整个左乳都需要切除。

于凤至有如遭到晴天霹雳，她心中暗想，女人的乳房怎么可以割下来呢？这个手术到底要将自己的乳房破坏到何种程度，在自己的胸口留下一道疤痕已经让她难以接受，若真的要整个切除，那怎么行？

"身体发肤，受之父母"，更何况，没有乳房，今后怎么面对丈夫张学良？

此时，无论比尔医生如何解释切除乳房的重要性，她一个字也听不进去，她几乎是一字一顿地问他，是否还有其他的治疗方法，她明确地提出，她不愿意也不可能割掉自己的乳房。

比尔医生苦口婆心地劝说，专业性的讲解，如同遇上了一块顽固的石头，于凤至坚决不肯接受切除手术，这使比尔医生感到愤怒。他不明白眼前的这个中国女人为何如此冥顽不灵，她这是在拿生命做赌注。在他看来，若是能延长自己的性命，那切除两个乳房又何妨呢？这个素有教养，受过良好教育的夫人，居然在寻常人都能接受的医嘱面前如此固执，这将会带来一个美好的生命的毁灭！

他怎么会明白于凤至的想法呢？

于凤至坚持不接受切除手术。比尔无可奈何，只得给出了第二种保守治疗的方案，即主要靠药物杀死癌细胞，并且辅以系列小手术以观后效。

于凤至听后喜笑颜开，当即拍板，就用保守疗法治疗。

经过一段时间的观察，比尔医生用X射线精确定位了于凤至乳房病变的位置，并继续使用保守疗法对其进行治疗。于凤至深信美国的医疗水平，深信比尔医生的医术，她不断提升信心，相信自己不久就能痊愈出院。

一想到自己身体健康，就能把英国的孩子们接到自己身边，并全力为丈夫的自由奔走，她内心充满了快乐。

于凤至将自己在美国的生活写信告诉张学良，字里行间报喜不报忧，一则让张学良安心，二则自己也似乎看到了健康的曙光在向她招手。

好景不长，很快，她从比尔医生焦虑的脸上看到了失败的阴影。但于凤至始终不愿意接受这个现实，她相信一切都会好起来。

一日，比尔拿着于凤至的体检报告，神色凝重地走进她的病房，他严肃地告诉于凤至，必须马上做乳房切除手术，她身体内的癌细胞已经有转移的迹象，若再不手术，她必然性命难保。

于凤至还是坚决不同意进行切除手术。面对这位尊贵的夫人，比尔真的动了气。

他无法理解于凤至为了腐朽的保存身体完整的观念，丝毫不顾及自己的安危。

于凤至明知医生是对自己负责，可是，她依然坚持自己的意见，对医生的指责，不置一词。

为了保证手术顺利进行，比尔煞费苦心。

治疗期间，宋美龄、孔祥熙都曾去看望她，比尔叮嘱他们劝说于凤至，但依然未见效果。

这天，于凤至的病房中来了一位特殊的客人。她在回忆录中这样描写此次会面的情形：

一位西安来的李老先生，在女儿的陪同下来看我。他说西安、西北的老百姓都为汉卿的处境惦念，都要为争取汉卿的自由，和蒋介石政权斗争到底；说汉卿为救国所做的事，老百姓都感念在心。临走时留下一百元，请我代买些食品转送给汉卿，我不收，他边擦眼泪边道别，留下钱而去。

于凤至被老先生的行为感动着，尽管远在海外，依然有人心系汉卿，而且远道而来看望自己，而自己却为了保留在张学良心中的所谓形象，固执地浪费了一年多的时间。

身体的残缺算得了什么？一定要活下去，还要完成张学良的嘱托，还要把孩子们接到身边照顾，还有很多事要去做。

于凤至幡然醒悟，经过一夜的思想斗争，她决定配合比尔医生，接受乳房切除手术。比尔为于凤至的转变感到意外，更觉得高兴，他立即安排了手术时间。

当于凤至从手术中悠悠转醒，身上缠着的纱布让她潸然泪下。只要生命存在，只要能活下去，那就接受命运给予的创伤吧。

然而，厄运远没有结束。术后，于凤至被查出癌细胞已经扩散至全身，只有尽快化疗，杀死癌细胞，才能保全一命。

化疗的痛苦折磨着虚弱的于凤至，她的身体越来越弱。药物损害了她的肠胃功能，呕吐、落发、身体的疼痛，还有那残缺的乳房，无一不折磨着她。爱美的她，连照镜子的勇气都没有了。

但她的内心，依然抱着强烈的生的希望，自己还肩负着很多责任，一定要活下去，只要能活下去，就绝不向病魔投降。

强烈的求生欲望，使于凤至积极配合医生的治疗。

渐渐地，于凤至的身体开始好转，化疗的次数越来越少，到最后只要靠药物就能维持健康。那因化疗掉光头发的头顶，又长出了新的发丝。

重 生

不知不觉间，于凤至在哈克尼斯教会医院生活了一年有余，窗外的树木又抽出新的枝条，长出柔嫩的绿叶，一度被疾病折磨的身体也渐渐恢复，枯黄的脸色也渐渐有了血色。从鬼门关走了一圈，如今缓过劲来，于凤至有一种凤凰涅槃、浴火重生之感。

一年多的治疗，于凤至独自承受着病痛的折磨。异国他乡，举目无亲，詹森·肯尼迪夫妇工作忙碌，不能常来陪伴。漫漫岁月，回头看弹指一挥间，而身在其中，却是度日如年。

好在生命的奇迹在这个顽强的女人身上出现，于凤至感觉到身体的复苏，精神上的焦虑也渐渐散去许多。

身体慢慢康复，身为母亲，于凤至第一时间想到的是让孩子们回到自己身边。

当初在伦敦，于凤至将长女张闾瑛安排进一家皇家教会语言中学，长子张闾珣和次子张闾玗则送进了伦敦城西曼坎山下的皇族小学堂学英语。

当时于凤至住在距圣保罗教堂很近的一家出租房里,那里由她从国内带到欧洲的随身女佣蒋妈照料着一切。

彼时,她带着孩子在英国的日子,生活安定,丈夫在国内南征北战,自己在英国安心陪伴孩子。安静的时光里,她觉得能在英国把孩子们培养成人,也是人生圆满。

没想到西安事变爆发,丈夫被幽禁,她只好放弃对孩子的陪伴,只身回到祖国,回到丈夫身边。

当时,在她既为孩子的托付问题发愁,又急于回到中国陪伴受难的丈夫时,一位叫培汉·桑希尔的英国士绅主动来见于凤至,并诚恳地告诉她,张学良将军曾经是自己的救命恩人,听闻他如今在国内遭难,愿此时能援手照顾张学良的三个孩子。

于凤至对培汉的请求起初并不答应,她通过关系,联系到已被幽禁的张学良,将此事告诉张学良。

原来,培汉当年在中国当武官的时候,曾有一次未经中国政府同意,擅自驱车前往北平城外永定河畔一片树林打猎,误将当地农民击毙。身为外交官,打猎伤人事件在当时非常轰动。张学良考虑到中英邦交问题,且培汉是误伤,于是亲自出面,代替培汉向死者家人赔罪,并以重金抚恤,得以私了,自此,培汉将张学良视为恩人,念念不忘。

张学良对培汉主动承担照顾子女的义举表示理解,于凤至也以为丈夫的软禁很快结束,自己会很快回到孩子们身边,于是归心似箭的她将三个孩子托付给培汉,便回到国内,陪伴被幽禁的张学良。

如今,于凤至处于较为稳定的恢复期,她恨不得马上就与自己的孩子们相聚。

比尔医生却因为于凤至身体虚弱,不适远行,坚持让于凤至继续治疗，一切等待身体完全康复，出院以后再说。

于凤至却再也等不及了，在美国治病的这些日子，她常常拿出孩子们的照片，以解思念之苦。但比尔医生坚持让于凤至继续化疗，绝不能轻易出院，否则，他担心于凤至乳癌的治疗会功亏一篑。

面对医生的忠告，于凤至也只能暂时按下心中的迫切心愿，通过信函与孩子们联系。

当詹森·肯尼迪夫妇再次前来医院看望于凤至时，她便迫不及待地请求莉娜夫人能否抽出时间去英国替自己看望孩子。

莉娜慨然允诺，欣然前往。

第六章

奔波与憔悴

从来没缺过钱的于凤至被庞大的支出压得喘不过气来。丈夫还在幽禁中，何时获得自由遥遥无期；手中的钱只出不进，越花越少，这位昔日"东北第一夫人"不得不开始考虑钱的问题。茫茫人海，怎样才能使自己和孩子们过上正常的生活呢？她必须想办法。

相见时难

1941年夏天，莉娜夫人带着于凤至的嘱托由华盛顿飞往英国伦敦。按照于凤至留给她的地址，她来到伦敦城外一所简陋的农民住宅里。

此时，于凤至的长女张闾瑛已经长大成人，身材颀长，窈窕清秀，举止文静大方，让莉娜很欣慰。

面对带着妈妈的消息远道而来的莉娜，张闾瑛热情地接待了她。

张闾瑛用娴熟、纯正的英语与莉娜交流，从中，莉娜得知闾瑛早已从英国皇家中学毕业，她此时在位于泰晤士河北岸的简陋的民宅里用功读书，正准备报考剑桥大学的课程。闾瑛的床铺上满是各种图书和资料，莉娜暗暗称赞闾瑛的勤奋刻苦和待人接物的温文尔雅。

莉娜将于凤至的情况告诉孩子们，又鼓励孩子们，祖国正在遭受苦难，他们的父亲为了拯救国家而蒙受牢狱之灾，现在孩子们的处境艰苦，但一定要用功读书，不负父母的期望。

张闾瑛也表示：越是这种困难的境况，越促使她和弟弟们发奋学习。

暮色渐起，泰晤士河朦胧如画，远处教堂的钟声悠扬而起。张闾瑛为远道而来的贵客和两个弟弟准备了丰盛的晚餐。

不久,在城里读中学的弟弟张闾珣和张闾玗放学回到了这间破陋的农舍。莉娜看着这两位少年比当年在北平时长高了许多,闾珣见了莉娜只是憨憨地一笑,然后就坐在饭桌旁闷头吃饭了,老二张闾玗则活泼好动,性格开朗。

饭后,莉娜将带来的照片和于凤至的亲笔信件交给孩子们,孩子们读着信,时悲时喜。

见字如面,见照片更让孩子们加深了对父母的思念之情,对父亲在中国被政府关押失去自由更是悲恸万分。

次日,正是星期天,孩子们带着莉娜游览了一番。他们虽小,生活的艰难却让他们过早地懂事。文静秀美的张闾瑛像个导游,将这里的风土民情、地标建筑以及历史文化一一介绍给莉娜,莉娜对她的博学赞不绝口,对她更加刮目相看。

下午,莉娜夫人在临靠泰晤士河边的一家英格兰酒吧里租了一间雅座,请三个孩子尽情享受了一顿美味大餐。

莉娜完成重托,次日准备启程返回华盛顿,孩子们对她依依不舍,在她正要钻进轿车离开的那一刹那,闾瑛忍不住追上前来问她:

"夫人,妈妈当真会来伦敦吗?"

"会的,孩子们,她一定会来的。"莉娜郑重地说道,"你们的妈妈现在病情虽然好转了,可是医生尚未允许她前来欧洲。但是我相信她一定会很快就结束化疗的。到那时我也许还会陪同她到这里来的!"

回到华盛顿后,莉娜写了一封信,将伦敦之行的情况向于凤至一一做了述说,并将探视期间和孩子们在一起拍的大量照片随信寄来,于凤至看着照片,对孩子们的思念之心更重了。

信中，莉娜对张闾瑛赞不绝口，但也告诉于凤至，长子张闾珣有病在身，而且孩子们的生活条件很差，因为生活费用紧张，目前居住在远离城区的贫民小屋里。

这让于凤至无比焦急，恨不得立刻插翅飞到孩子们身边，照顾他们的饮食起居，学习生活。

于凤至再一次恳求比尔医生，允许她暂且离开医院一段时间，去英国看望孩子们。但比尔医生为她的病情着想，断然拒绝了她的请求。

于凤至非常清楚，自己的病情如今好转，实属不易，如果不听医嘱，擅自行动，不仅给医生带来麻烦，也可能导致病情反复，她只能忍受着思念之苦，期盼自己的身体早日康复。

在医院治疗期间，于凤至也不放松对自己的要求，要在这里生存下来，首先要过语言关。她清醒地知道，自己要在最短的时间里学会英语，才能和自己周围的人进行对话，只要有时间，她总是在床榻上练习英语。

一个阳光明媚的秋日上午，她的病房来了三位客人。

那是从前在国内为她和张学良服务过的飞行员白尔，还有1926年春天由张学良派人从美国请到沈阳，协助张作霖筹建空军的教官赖顿和雷纳。

十年前，驾驶员白尔在沈阳东北空军服务，给张学良开专机，于凤至和她的几个孩子们也时常坐着白尔开的飞机在东北各地飞来飞去。

处在与世隔绝状态的于凤至做梦也不曾想到她在哈克尼斯教会医院里会与他们相遇。

往事如风。1926年春天，张作霖尚在，为了打败吴佩孚的直系军，张作霖在奉天召开军政会议，力主筹划建立东北空军。当时张学良正是这个计划的主要执行人。白尔和赖顿等一批美国空军教官，都是张学良亲自派人到美国的西点军校礼聘的。张学良把东北空军司令部改为航天司令部，此后，他加快了空军的扩充速度，组建了水上飞机队。后来，张学良对东北空军进行了两次改组，成立了东北边防军航空司令部，他继续兼任司令。张学良在奉天北陵开辟飞机场，作为初级飞行训练基地，而东塔飞机场，则是空军的高级飞行训练基地。张学良把初级培养和高级深造相结合，运用在东北空军的教育训练中，极大地提高了空军飞行员的素质和实际操作能力。他还不惜巨资购置了先进的空军设备，使东北空军迅速崛起，成为当时中国的空军之最。

此时，站在于凤至面前的几位飞行员，和张学良一家有着非同寻常的友情，他们的到来，令于凤至惊喜万分。

这三位美国教官经常教授张学良驾驶飞机的技术，张学良也经常与他们三个人切磋如何将东北空军建成中国第一流空军的实施方案。当年他们三人经常到沈阳大南门帅府里做客，所以于凤至也与白尔、赖顿和雷纳三人相识并相熟。

他们谈到20世纪20年代在沈阳时的许多趣事，谈到九一八事变后他们三人随张学良去北平后的遭遇；谈到1933年张学良下野远去欧洲考察军事时给当时留守的于学忠将军写过一封信，在那封信里，张要求于学忠务必代他管好东北的空军，尤其要求他善待白尔、赖顿和雷纳等一批美国空军教官；谈到1934年张学良从意大利归来，他们再次随少帅去了武汉；谈到张学良对他们这些美国军人在中国的十几年时间里的关爱和照顾；谈到西安事变后他们无法追随张学良，只好回美国谋生。

此时，白尔告诉于凤至，自己回美国后加入了陈纳德将军的飞虎队，现在是五角大楼派驻到纽约的一个军事处代表处的代表。雷纳在泛美航空公司驻纽约办事处当主任，已经成为大商人。赖顿也在纽约经商。

于凤至在纽约治病的事，也是由白尔从詹森·肯尼迪口中无意得知。当年詹森·肯尼迪曾在北平的领事馆里任职，与白尔相熟，如今詹森在白宫工作，遇到白尔，提及此事，于是白尔约了赖顿和雷纳一起来探望于凤至。

他们看到于凤至的床头摆放着孩子们的照片，不由问及孩子们的情况，知道孩子们现在在英国读书，并且生活窘迫，便自告奋勇，提出会想办法让孩子们从英国来到美国，让母子团聚。

可是，要让孩子们得到美国的护照和居住权，这是一件非常困难的事，于凤至为此感到担心。

白尔、赖顿和雷纳欣然表示，一定要帮助她解决母子两地分离之苦。辞别于凤至之后，他们便开始着手为孩子们办理赴美留学的相关事宜。

很快，三个孩子的美国护照办妥，但是没想到，当他们前去英国伦敦，和孩子们的寄养人培汉协商三个孩子转学美国的相关事宜时，却遭到冷遇。

赖顿在美国加州具体负责联系三个孩子的入学学校，白尔作为此事的策划人，负责与赖顿、雷纳沟通联络，雷纳则亲自抵达伦敦，按照于凤至提供的地址，找到当年在北平驻节时期英帝国驻北平的大使馆武官培汉·桑希尔上校。

这位如今已经卸任的武官已年近六旬，白发苍苍，他接过雷纳交给他的于凤至的亲笔信，得知于凤至让自己协助眼前这位美国人将三个孩子送到美国读书，他表示拒绝。

培汉表示，自己已经照顾了这三个孩子五年之久，现在孩子们很快就可以在英国取得学业文凭，自己当年答应了张学良将军，一定要把孩子们培养出来，做事要善始善终，绝不能半途而废。

雷纳没想到，母子团聚，本来是一件非常合理的请求，竟然得不到这位老武官的理解和支持，两个人话不投机，竟然争吵起来，雷纳此行无功而返。

于凤至也没有想到，培汉竟然如此固执。培汉以自己监护人身份依然有效，要让孩子们完成学业为由，坚持不让三个孩子回到于凤至身边。

那场轰炸

1942年，第二次世界大战进入战略相持与转折阶段。到1943年，欧洲战事越来越吃紧，从前处于战火之外的伦敦城也一度弥漫在硝烟之中。

于凤至的内心倍受煎熬，自从1942年雷纳去伦敦办理孩子转学手续遭到培汉的拒绝后，她无时无刻不在担心着孩子们。

孩子们生活在那座处于硝烟烈火下的欧洲古城，她的心怎么能放得下来？

好在，无论如何，三位飞行员都没有放弃于凤至的重托。

1943年的春天，白尔寻得一个前往伦敦出差的机会，他决心这次一定要将孩子们带回美国。

这次，白尔采取了迂回战术，他先去了孩子们生活的农舍，与孩子们取得了联系。

他认为，只要孩子们坚决要回到母亲身边，随他离开英国，那么就算培汉不允许，他也会有办法从英国移民局办到合法移居的手续。

此前，他已经找到几位正在伦敦外交使馆服务的美国朋友，并取得了他们的承诺，将对他的义举提供大力协助。

白尔来到孩子们的住所，张闾瑛正悲怆地哭泣。白尔向张闾瑛说明来意，并将他在哈克尼斯教会医院与她的母亲于凤至见面后的情况一一叙说，特别提到去年另一位美国飞行员雷纳亲自前来试图将他们姐弟三人转学美国的经过。

张闾瑛看着眼前这位和蔼善良的美国人，意识到母亲一直在牵挂着他们，她一直在想办法托希望的使者们帮他们回到她的身边，与她团聚。

她想到自己快要与母亲相聚，忽然泛起了一种急于与母亲相见的兴奋心情。

她说："白尔叔叔，现在我们当真可以离开伦敦吗？"

白尔成竹在胸地沉吟片刻，说："姑娘，我想应该是可以成功的。不过，这还要取得监护人培汉先生的同意才行。当然，这件事情能否成功首先要看你和两个弟弟是否想去美国。也就是说只要你们姐弟三人都愿意，那么我就有办法让你们和母亲见面！"

听了白尔的话，张闾瑛非常高兴，可是很快，她的喜悦之色转成了悲凄之情。

白尔听着张闾瑛的叙述，眉头渐渐皱紧了。

当初，于凤至离开他们只身返回祖国的时候，孩子们在英国就读于皇家小学，成绩优秀。当时伦敦还是非常太平安宁的城市，于凤至把孩子们托付给培汉，培汉起初对姐弟三人无微不至地照顾，可是后来，他听说中国发生了西安事变，后来在媒体上再也没有张学良的消息，他甚至还听说张学良不在人世了，培汉一度对是否继续抚养他们姐弟产生了动摇，甚至对他们缺少了看护和照顾。

1940年至1941年间，纳粹德国对英国发动大规模空战。而这次战争亦是第二次世界大战中规模最大的空战，除了英、德两国之外，包括同属英联邦的新西兰、加拿大、澳大利亚、南非、牙买加、斯里兰卡、南罗德西亚等国的空勤人员也投入英军；许多被纳粹德国占领的国家的流亡政府，包括波兰、比利时、捷克斯洛伐克、法国等撤至英国的空军，也加入了保卫英国的行列；当时属于中立国的美国也有志愿者组成了"飞鹰中队"（Eagle Squadrons）与英国并肩作战。

原本平静的伦敦被卷入战火之中，德国飞机的狂轰滥炸，使得英国市民流离失所，人心惶惶。

张间珣即将在皇家中学毕业，他成绩很好，学习勤奋，可是，现在整天处在炮火和轰炸中，他渐渐显出心粗气浮的迹象，并且时常会在梦中惊醒。

有一天半夜时分，姐弟正在安睡，德国的飞机又来轰炸了！

这次轰炸非常激烈，警报声、哭喊声、尖叫声、爆炸声乱成一团，到处都是逃跑的人，姐弟三人混在人群中，身边到处是黑乎乎的鲜血和尸体，弟弟被吓呆了，更可怕的是，他不远处几颗敌机投下的炸弹发出了惊天动地的剧烈爆炸，高楼倒塌，鲜活的人转眼血肉模糊……

在那次轰炸中，姐弟三人虽然都幸存了下来，可是张间珣却在那次轰炸中被吓坏了，他精神失常，再也不是以前那个反应敏捷、健康活泼的孩子了。

培汉心有所愧，将张间珣送入伦敦一家医院进行紧急医治，但孩子的精神分裂症较为严重，经过医师们的努力，张间珣的精神分裂症得到了明显的控制，但一有风吹草动，他就会旧病复发。

德国飞机时不时轰炸，张间珣因此时常处于精神崩溃状态，一听到敌机的声音和警报声，就会受到惊吓，培汉不仅在为孩子治病上付出很多精力，为了让孩子少受飞机轰炸的惊扰，他将病情时好时坏的张间珣送到远离伦敦的一处乡间别墅里去静养。这里地处泰晤士河北岸,远离尘嚣,适合养病,为了不让张间珣的课程受到影响,培汉还特地花钱请了一位家庭教师前往授课。张间瑛、张间玗也同时被培汉由城里转移到泰晤士河北岸的乡间,一同住在培汉的乡间别墅里。后来由于培汉的那幢别墅出售给了他人,她就只好和两个弟弟搬了出来,住进现在居住的这间农舍。虽然去城里上学远,但相对安静,对弟弟的病有所帮助。张间瑛言谈中对培汉这些年对姐弟三人的照顾充满感激。

白尔对三个孩子的遭遇又同情又心疼,他问张间瑛,生病的张间珣现在怎么样了,看着满脸悲伤的张间瑛,白尔才得知张间珣失踪了。

此前,因为弟弟生病,虽然三个孩子继续上学,但张间瑛每天必须先乘地铁将张间珣护送到城西的爱尔玛乐大街教会中学,才能前往自己就读的玛丽亚女子高中上课。这一年从未发生过意外,可是就在白尔前来和培汉交涉为他们转学的事情的时候,张间珣却失踪了。

白尔迅速将此事告之监护人培汉,并和张间瑛、张间玗焦急地在伦敦城张间珣可能经过的地方四处打听、到处寻找。

夜幕已临,白尔和张间瑛迈着疲惫的步子回到农舍,发现家里的灯亮着,张间瑛飞快地奔进家门,发现两个弟弟都回到了家,她长长地出了一口气,原来是二弟张间玗在码头发现了哥哥并把他带了回来。

孩子,孩子

当晚,白尔陪孩子们在简陋的农舍住下,第二天他立即进城找到培汉,培汉正忙于给伦敦警察局打电话,询问警方寻找张间珣的结果。

当培汉得知白尔的来意,并听说失踪的孩子已经找到时,满面羞愧。

一年前，雷纳与培汉的交涉，培汉拒绝得理直气壮，而今天，孩子失踪的事情，让这个倨傲的卸任外交武官感到不安。白尔趁热打铁，将于凤至对孩子们的思念，孩子们在此生活的各种艰难，战争下的不安定因素——委婉地向培汉诉说。

培汉默默地低着头，他也在左右为难。

当初，他以监护人的身份报答张学良在中国对他的恩惠，况且监护的几年里，虽然发生了各种状况，但自己为了培养孩子们付出了太多的经济与精神的代价，就这样草率结束自己几年的监护人生涯，他心有不甘。

白尔苦口婆心地对培汉说："培汉先生，张学良先生虽在中国，他对您在过去八年里给予孩子们的关怀心存感激。现在美国的张夫人也对您的义举感念心中，这一切都不会因为让她的孩子去美国而一笔抹杀的。"白尔不愧是个有头脑的美国现职官员，他从培汉那既想就此将三个孩子推手他人，又有种不甘心半途而废的沮丧心态，看出距迫使培汉妥协的时机已经不远了，只是需要他再将事情的因果点明即可如愿以偿。白尔继续向培汉进言说："现在'二战'还没有结束，如果您仍坚持将三个孩子留在英国，万一再发生战事，再发生前次敌机轰炸吓疯孩子的事情，那么将来你见到张将军和夫人的时候，就会无法向他们交代。而张夫人现在就在美国治病。作为母亲她无时不希望和三个孩子早日团聚。请您想一想，如果您继续不准孩子们去美国，将来会是一种什么样的结果呢？"

培汉最终决定让孩子们回美国和于凤至团聚，但他并不想让白尔把孩子们带回去，而是希望由自己亲自将孩子们送到于凤至身边。

他要以这样的方式来为自己这几年来监护张学良孩子的事情画一个圆满的句号。

1944年夏，培汉穿着西装，打着领带，手捧鲜花，带着孩子们来到于凤至的病房。

于凤至看着培汉身边三个穿着整齐的青年男女，他们安静地看着自己的母亲，神态拘谨，但满眼热切。

于凤至此时泪眼婆娑，这些年，她对孩子们千思万想、翘首以盼、望眼欲穿，而今，他们都长成大孩子了，都来到了自己的身边，她百感交集。

张闾瑛已经是大姑娘了，她热切地望着母亲，再也忍不住，大叫一声"妈！"就不顾一切地向于凤至扑了上来，母女俩顿时紧紧相抱在一起，泪雨纷飞，动情地恸哭起来。

不一会儿，于凤至平静下来，两个儿子也一前一后站在母亲身边，他们一一拥抱着母亲。

于凤至左瞧瞧，右摸摸，她的心无比激动。

既往的悲恸随着相聚的欢喜，变得无足轻重。此刻大家笑逐颜开。

自从1936年与母亲匆匆一别，孩子们已经有许多年没有感受到母亲亲切的问询和温暖的怀抱了。

这些年，母亲不在身边的日子，三个孩子何尝不时刻思念着自己的母亲。看到别人一家团聚，外出玩耍，有父母陪伴，他们充满羡慕。战争中的英国伦敦充满危险，三个孩子一想到那些可怕的夜晚，那些刺耳的轰炸，飞机来时四处逃窜的情景，心中就充满了恐惧。

张学良被囚的噩耗传到了国外，三个孩子既为家人担心，又为生计困愁，他们在这些年里，承受着太多苦难，此时，回到母亲身边，终于有了回家的感觉，有了安心踏实的快乐。

张闾瑛率性健谈，她并没有向母亲诉苦，却说了许多在英国生活，被培汉照顾的感恩的话题。

培汉满脸愧色，毕竟孩子在大轰炸时，被吓出了病，虽然不是他的责任，但他没有把孩子健康、完整地交到于凤至手中，他心中深感不安。

而对于凤至来说，则是无法用语言表达对培汉的感激。她庄重地站在培汉面前，弯下腰向培汉鞠躬，对他这些年照顾自己孩子的恩德表示最诚挚的感恩。

眼下，最重要的就是自己的三个孩子了，他们都回到了自己身边，于凤至的眼里流出激动的泪水。

她不由地想起自己的小儿子闾琪，那个年仅12岁便猝然长逝的孩子，如果他还活着，该多好呀！

张闾琪是张学良第三子，1919年出生，长相与张学良酷似，清秀斯文，才华横溢，比他两个兄长更为聪明。天有不测风云，1929年，闾琪染上了肺结核，1931年死于沈阳，年仅12岁。

现在，剩下的三个孩子经过种种磨难，终于回到了于凤至的身边，他们此时便是于凤至最强大的精神支柱。

贵人相助

于凤至到美国后，那些从前在北平和沈阳时张学良所接触的美国朋友们一直在关照着于凤至，特别是三位飞机驾驶员白尔、赖顿和雷纳，在她最困难的时期帮助她与三个孩子团聚。珍贵的友谊让于凤至感到温暖，她决心坚强地活下去，好好地照顾来到自己身边的三个孩子。

于凤至的身体也在康复中，詹森·肯尼迪夫妇也不时会给于凤至带来张学良的消息。张学良自从1937年开始便处于秘密幽禁状态，他的消息一直被蒋介石严密管控，连詹森·肯尼迪夫妇这两位在美国最高首脑机关供职的人，也在相当长时间内无法给于凤至一个准确的消息。

时光荏苒，转眼十年过去了，这对夫妇搜集到香港的华文报纸《星岛日报》上面有张学良在台湾新竹拍下的照片，他们便带来给于凤至看。

照片上的张学良已经有些苍老的模样，但透过照片，依然可以看出当年的影子，而且精神状态很好。

张学良去了台湾，并且还活得很好，于凤至悬着的心也放下了许多。

于凤至的出院手续也在办理中，她提前让蒋妈在纽约东城租了一所临靠河边的小房子，她希望在环境幽静的地方静养，以便使身体尽快康复如初。

詹森·肯尼迪夫妇热情地邀请于凤至和孩子们住在他们建在哈得孙河东岸的临时别墅，那是他们偶尔从华盛顿回纽约小住的地方，长期无人居住。去那里住，于凤至可以省下一大笔昂贵的租金。

盛情难却，于凤至出院之后，便在位于哈得孙东岸的一幢红色的小洋房里安居下来。自从孩子们回到美国，女儿张闾瑛和两个儿子都相继上了大学。他们平时住在大学校园里，会不时回来与母亲团聚。

日子安定下来，一切都向着好的方向发展，但新的问题又开始困扰着于凤至：于凤至到美国治病时，从国内带了一笔巨额资金，但三个孩子的学费高昂，于凤至的治疗也一直在支出，这种坐吃山空的方式，使她手里的存款越来越少。

面对这个问题，于凤至心事重重：虽然住房问题解决了，还有孩子们读书的费用要解决，还有自己治病的费用要考虑，还有儿子闾珣的病情也并不稳定，需要治疗。

于凤至的精神压力越来越大。

她在住院期间努力学习英语，但没有系统学习，接触的人物甚少，收效并不显见，为了更快地融入美国的环境，于凤至雇用了一位美国女教师，每天到别墅教她英语口语，依靠着她从前的基础，以及自己的努力，很快，她的英语口语已经到了可以运用自如的水平。

面对生活的种种压力，于凤至没有屈服，没有认命，她有的就是努力想办法去解决问题，去迎接更好的新生活，把孩子培养成人，让远在台湾被囚禁的丈夫放心。

1953年，詹森·肯尼迪夫妇从政坛退出，从华盛顿回到纽约，于凤至见他们夫妇归来，主动提出在纽约另觅住所，但詹森·肯尼迪夫妇坚持让她继续住下去，于凤至不忍拒绝好友的美意，便安心继续和好友夫妇共同生活在别墅。

1954年，美国经济经历了"二战"后的一段萧条时期，于凤至的经济状况也非常令她担忧。当年从国内带来的资金已经所剩无几，这年春天，闾珣的精神分裂症也越来越严重，他无法继续学习，学校向于凤至寄送了劝其退学的通知。

面对残酷的现实，于凤至只能忍泪接受，她将退了学的儿子送进了距纽约不远的玛丽亚精神病疗养院。面对昂贵的医疗费，她四处奔波，却不忍向好友詹森夫妇求助——自己已经给他们添了太多麻烦了。

从来没缺过钱的于凤至被庞大的支出压得喘不过气来。丈夫还在幽禁中，何时获得自由遥遥无期；手中的钱只出不进，越花越少，这位昔日"东北第一夫人"不得不开始考虑钱的问题。茫茫人海，怎样才能使自己和孩子们过上正常的生活呢？她必须想办法。

终于，她想到了一个人，那个当年和张学良无话不谈的好友伊雅格。

伊雅格与张学良相识于奉天基督教青年会，伊雅格当时在青年会兼职，由于年龄相近，爱好相同，性格投缘，二人很快就结成密友，伊雅格也成为帅府的常客。在 1925 年张学良出资筹办的远东运动会上，高尔夫球的决赛就是在二人之间进行，结果，张学良获得冠军，伊雅格获得亚军。从此，伊雅格伴随张学良，成为他亲如手足的外籍朋友。

在于凤至的印象里，伊雅格非常善良，并且乐于助人。于凤至知道一件事：1924 年秋天，端纳从上海介绍了一位英国的军火商人凯自威来到奉天。凯自威曾任上海公共租界工部局董事长，后来又兼任上海怡和洋行董事。凯自威来奉天，是想向张学良推销一批英国军火。张学良听说凯自威是英国最大的军火公司——托拉斯维克思公司的独家代表，便热情地接待了他。凯自威把他带来的几箱新式军火给张学良过目，张学良验看后，十分高兴，立刻派伊雅格作为谈判代表，随凯自威前往英国伦敦。从那以后，一批又一批新式步枪就由伦敦源源不断地运到东北。用托拉斯维克思公司生产的新式步枪装备起来的张学良的第四方面军，很快就成为奉系军队中最精锐的部队。

1929 年，张学良执政东北后，决心用这种先进的英国步枪装备所有的东北军。这样一来，伊雅格就长期居住在伦敦，负责与托拉斯维克思公司处理东北军购买武器事宜。于凤至猜测，伊雅格这里应该还有给东北军购买武器的钱。但究竟有没有，有多少，她并不清楚。况且，张学良已成为囚徒，即使有，人家不承认，也是没有办法的事。所以，于凤至决定前往英国，并不是想追讨那笔钱，只是想向伊雅格暂借一些钱，以解燃眉之急。

1930 年张学良在东北易帜并前往北平驻节，伊雅格当时已经成为一个富翁，并先期回到英国定居。他回到英国后，主要是代张学良在欧洲经营军火生意，是张氏家族最倚重的朋友。

于凤至突然拜访，伊雅格既感到意外，又非常开心。他非常关心张学良的状况，于凤至将张学良的情况如实相告，伊雅格听后，非常吃惊，旋即安慰于凤至。

他又问及于凤至的情况，得知于凤至十年前从中国到美国治病，以及于凤至的三个孩子由白尔、雷纳、赖顿三位美国友人相助，转回美国的经过。

伊雅格听完非常愧疚——当初自己在中国东北的时候，多得张学良的栽培，如今于凤至全家处在水深火热之中，自己竟然一无所知，连一点帮助也没有。

他们相对而坐，谈及许多早年和现在的事情，于凤至几次鼓起勇气，也没说出借钱的事。因为，以她过去的身份，开口向一个外国人借钱，真的难以启齿。

就在于凤至左右为难的时候，伊雅格竟主动提到了那笔钱。

伊雅格说："夫人，不管您现在有没有困难，我都要向您支付一笔钱的。"

"也许夫人还不知道，早在西安事变发生以前，在我这里就一直有一笔钱没有办法转交给汉卿先生。"

"那就是当年我在代替东北军向托拉斯维克思公司协调购买军火的时候，有一笔盈余的款子，夫人，您也许不知道吧，那笔款子始终存在我的手里，现在您来了，就是我该归还您的时候了！"

于凤至简直不敢相信自己的耳朵，伊雅格竟主动说出张家有笔钱在他手里。

伊雅格还说出于凤至不知道的另一笔钱："1933年，汉卿当年在意大利考察时，也有一笔私人款子让我代存。这笔钱我分文没动，都存在伦敦渣打银行里。当时汉卿再三关照我，将来几个孩子在英国读书，如果他们的花费出了问题，就可以动用这笔款子。夫人，我看得出来，您和孩子现在的生活一定不宽裕。既然如此，就请把汉卿存在我这里的所有钱，都一并转到美国去好了!"

　　于凤至感动极了,她没想到事隔多年后,尤其是张家已风光不再时,伊雅格仍像从前那样忠诚,那样无私。于凤至拿到了这笔救命钱,本想对伊雅格说些感谢的话,一张嘴,却忍不住哭了起来……

第七章

为母则刚

于凤至走在人生的坎坷路途上，从未想过后退，从未想过放弃。她知道，那些挫折、那些伤痛，在时间面前，都会变成坚硬的铠甲，让自己更加坚强。人生是条单行线，不能留下遗憾。

股市搏杀

金钱是不能解决所有的问题，但能够解决大部分的问题。于凤至从伊雅格处得到一笔巨款，手头一下子宽松了起来，她决定自己购买一所住宅。

虽然美国友人詹森夫妇始终待她如亲人般，但心性高洁的于凤至认为她应该有一个属于自己的安居之地。为实现多年的梦想，她将伊雅格给她的那笔钱中一部分用于购房，一部分用于给张间珣治病，供养女儿张间瑛和次子张间玗的学业，剩下的一部分存在了纽约的银行里。

到底在哪里买房子呢？正当她拿不定主意的时候，一位昔日的好友传话给她，要送一套房子给她。这位友人就是孔祥熙。于凤至回忆："孔祥熙请友人传话，说洛杉矶好莱坞市的山顶有一套小平房出售，山较高，道路窄小，社区的房屋少，很安静，所以想买下送给我。我到洛杉矶看房，如同他所介绍的，这房子的位置和它的幽静，来此居住很适合，我自己买下来，没有要孔祥熙赠送。对他的盛情心领。"

早在1944年秋天，在医院里接受化疗的于凤至就听说宋霭龄、孔祥熙伉俪双双飞到了纽约。当时美国报纸上早有刊载，据说是因为一贯为蒋介石当家理财的连襟孔祥熙在逃台前夕,和蒋介石发生了冲突,所以一气之下,带着妻子离开大陆到美国生活。

这天,于凤至在莉娜的陪伴下,搬进了刚购的新宅,新宅坐落在长岛南侧一片碧绿的湖水之滨,环境幽雅,适合养病。

经历过经济拮据之苦,于凤至居安思危:虽然三个孩子如今都安顿了下来,生活方面暂时不会存在其他的危机,但是,她不能够保证手里余下的钱足以让一家人能够一直在美国安然生活下去。

于凤至深知在蒋介石统治时期,丈夫张学良获取自由是不可能的了,要带着子女去台湾与张学良相聚更是不可能的事,仅靠银行的存款,很难维持长久的生活。

莉娜夫人提议,与其把钱放在银行里,不如到华尔街证券市场炒股票。她相信凭于凤至的智慧,有机会在股海里侥幸成为富翁。

莉娜的话打动了于凤至,虽然出生在中国东北第一大家族的于凤至从未想过自己会和炒股这件事扯上关系;她一个从小读圣贤书长大的女子,从未想过为家庭生计担忧;况且,当初她曾随莉娜在证券市场领教过那种场景,在她看来,那是家境窘迫的市民才干的事,简直像一帮红眼睛的赌徒在进行一场场赌博。但是,现在境遇不同,面对严峻的生活现实,她不能不为生活做长远打算。

三天后,于凤至和莉娜夫人悄悄地出现在华尔街那幢大门前有六根仿古希腊式巨型廊柱的证券交易所大厅里。

这里早就人山人海,那些摩肩接踵的大多是金发碧眼的美国人、英国人和印第安人,他们挥舞着各种图案的有价证券。

此时此刻,于凤至知道,自己也和这里的人一样,无非是一个小人物。在这里,无非是想改变命运,改变生活,成为一个富有的人。关于股票市场，于凤至从莉娜夫人那里也有耳闻：把并不多的钱投进去，经历一场又一场，一轮又一轮令人眩晕的脑震荡，买入，抛出，等待，或者发一笔财，或者血本无归。

莉娜早已对股市轻车熟路，她很快便进入了几乎忘我的境地，消失在人流中，去看那一条条变幻的曲线，去买进或者卖出股票。

于凤至初来乍到，她在这一片片叫喊、咒骂、狂笑和喝彩的喧嚣声浪中，几乎头痛欲裂。但她还是耐着性子，仔细观察这陌生的一切。

不知不觉，已到中午，对于莉娜来说，似乎只是一瞬间的事，而于凤至却有度时如年的感觉。

当人群渐渐散去，莉娜在人群中现出身影，她兴致勃勃地来到于凤至身边，告诉于凤至，她这次一下子就赚了 3000 美元。莉娜请于凤至吃了一顿丰盛的午餐，并兴致勃勃地向于凤至谈起了炒股票生意经。

莉娜的亲身经历，让于凤至怦然心动。莉娜又将炒股和中国的打麻将作比较，说这无非是一种游戏，只不过，是一种高智商的较量，绝对不是打麻将那么简单。

于凤至玩过麻将，她曾经与几位姨太太一起打麻将，十玩九赢。

于凤至的内心跃跃欲试了，既然炒股与打麻将同样是智能游戏，倒是可以一试。

次日上午，于凤至和莉娜相约又来到华尔街，这一次依然人群拥挤。而于凤至不再只是在一边观望，而是走入拥挤的人群中。她发现身边一些美国贵妇向她抛来鄙视的眼神，她的内心涌出一股必胜的信念：既来之，则安之，一切都可以学习，炒股也是。中国人并不会比美国人差，既然是智商的较量，那就让美国人瞧一瞧中国人的厉害。

人群拥挤，她不再顾及自己曾是大家族夫人的身份，到这里，自己只是众人中的一员，普通的一员。经历过苦难，她的内心更加强大，对环境也有了更强的适应能力。

中午时分，人群散去，两人相聚。

莉娜发现于凤至从大厅深处向她走来，不由关心地问她去了哪里？于凤至兴奋地拿着手里的股票告诉她，自己去买了股票。

于凤至的思路与莉娜不一样，她不买牛股专买呆股，显示牌上于凤至买进的呆股一直处于呆然不动的状态。莉娜感到不可思议，担心于凤至血本无归，劝她赶紧抛掉。

事情神乎其神，之前一直被看好的牛股不知何种原因开始下跌，而且下跌的速度异常快速，而于凤至所买的呆股却保持原来的状态。

于凤至不动声色，静心等待，就在莉娜祈祷牛股攀升的时候，又一次发生了出人意料的现象：一直徘徊不动的呆股，居然出乎意料地开始向上缓缓浮升。

莉娜吃惊极了，于凤至也暗暗擦了一把冷汗，她是个凡事不肯轻易入手的人，一旦决定投入，就会潜心研究。

于凤至自从打算和莉娜进入股市，她便开始暗暗观察高深莫测的股海风云，也信奉"物极必反"的道理，她知道任何一种始终处在居高不下状态的事物，迟早会发生逆转，她的判断得到了验证。此时，她高兴得狂跳起来。

刚入股市，于凤至虽然初战告捷，但她并不因此而沾沾自喜。那些陌生的英文名词，全新的交易规则，都需要学习。这些都是非常专业的知识，于凤至又无专业老师指导，自学起来平添了许多困难。但她咬牙坚持，因为她知道这是她的使命所在。

由于是新手上路，于凤至的股市生涯开展得并不顺利。

美国是资本主义体制，自由的商贸竞争，使得股场风云更加诡谲难测，于凤至琢磨不透各个股票涨跌的规律，她只是凭着直觉和小道消息买进卖出。

没过多久，于凤至投入的资金不是被套牢就是亏损，再加上美国经济危机的影响，股场更是哀号遍野，于凤至受到金融风暴的波及，损失惨重。

对于凤至这样的新股民而言，入市是因为莉娜在股市赚到钱，忍不住也想赚几个零用钱。无论是知识还是经验，她都不足以给自己制定策略目标。

面对损失，她更加坚信，学习是自己的首要任务。就这样，她边学习，边摸索，渐入佳境。

于凤至虽然开始炒股，但她是有底线的，必须是手头留有足够的余钱用于其他用途：孩子的学费、医疗费、晚年的生活费都在考虑之列。于凤至在投资的时候，也会考虑在不同的风险下如何分配投资。

她非常清楚，若把闲钱投资在股市，那么如何管理就有学问了。将全部身家赌一只股可能快速发财，但也可能迅速破产。投资到多只股票降低了风险，但也降低了快速发财的可能性。显然，对报酬的期待影响着资产配置的方法。

天下没有免费的午餐，想多赚一分报酬，就要多担一分风险。

股票这个市场有它本身的特殊性，它的大势基本上依据经济的成长运行。这就决定了股票大势的成长有一定速率，不可能完全脱离经济成长这个大框架。当股市增长速度远远快于经济增长速度时，有个特别的名词叫作"泡沫"。

而在炒股实战中，她看到赢利的人手舞足蹈，亏损的人捶胸顿足，甚至很多人一夜之间便妻离子散，负债累累。那些人中有很多也曾是股市中的大佬，有过无数胜利的记录。

于凤至涉入股市越深，越敬畏股市了。

在股市搏杀的于凤至忘了出院时比尔医生再三嘱咐她的话：务必要保持良好的心态。她知道当初的癌症和自己多愁善感、心思细腻的性格有关，每次遇到难以抉择之事，她都辗转反侧，忧虑难眠。

现在，她身处股市，要从早到晚，目不转睛地盯着交易信息整整一天。于凤至深知股场的生存方式，为了赚钱，她严格遵守着残酷的规则。股市的行情扑朔迷离，稍有不慎，就会侵吞她的钱财，甚至摧毁她的健康。

女儿张闾瑛不想母亲对炒股如此投入，她死拖硬拽，终于将于凤至送进了医院。比尔医生看着神销骨瘦的于凤至，也对这个女人无视健康的做法表示无奈。他将她安排到一个单人病房，为她进行全面细致的检查，所幸没有出现最让人害怕的癌细胞复生的后果，只是普通的血糖低，加上一点心脏病而已。

于凤至在住院期间依然关注着股票的涨跌。孩子的生活，丈夫的自由，成为她每日悬挂心头的重担，于凤至不顾众人的劝诫，再一次拖着虚弱的身躯，杀入了冷血无情的股场。

一个身患重病后绝处逢生的中年女人，就这样在美国这块用实力说话的土地上厮杀，她不是为了自己，而是为了心中惦念的家人。

于凤至不动声色，在股场拼杀。她的眼光越来越狠辣，几乎一买一个准。外国佬们都被这个看上去极其瘦弱的中国女人震惊了，当初他们对她嗤之以鼻，如今却纷纷紧随其后，看着她买卖股票的动态，跟着她买进卖出。

面对那些狂热的追捧者，于凤至无动于衷，她知道这是自己的天赋和平时努力的结果。于凤至从不像那些搏命之徒，将钱一股脑儿地投放在短板交易上，而是将眼光放在长线交易中。

她选择适合自己的经营方式。长线交易，稳固，牢靠，有充足的时间供自己思考。

她每天晚上都会伏案"做功课"，她利用报纸、广播、电视等途径，了解各个上市公司的经营理念和发展前景，再结合国家的政治经济政策，全球的经济环境等，对每一只股票的未来走向做出预估。

有些股票在当下看起来非常低迷，于凤至却在其衰微的形势中，敏锐地分析其未来走势，一般人是看不到这绝处逢生的光芒的，而于凤至则"慧眼识珠"，一眼抓住了要害，果断下手，静等着它厚积薄发。

同样的，在卖出股票这方面，于凤至也有自己的见解。她始终信奉着"当断不断，必受其害"的祖训。

有时一只股票呈上升勃发之势，股民们正摩拳擦掌，欢呼雀跃，打算在此股票上大赚一笔，于凤至却常常在人们意想不到的时候抛出手中的高价股。

那些跟着于凤至买进卖出的股民们，尽管跟着她赚了不少钱，但是他们还是对这个东方女人炒股的方式感到不可思议。

于凤至对于别人的意见，淡然一笑，照旧按自己的方式炒股，因为过不了多久，时间就会证明什么才是最好的答案。

渐渐地，于凤至的声名已经传遍了美国，很多人纷纷为这个看上去并不起眼的中国女人感到震惊。此时的于凤至已经年逾50，虽然经历了手术的创伤，生活的困苦，她形态消瘦，但那温婉、大气、淡定的气质，却让人难以忘怀。

于凤至一刻不停地在股市打拼，她想努力为张学良恢复自由后谋一份安稳。她一边打拼，一边苦苦算着日子，等着丈夫张学良来美国和她团聚。

带着诚挚的爱和希望的于凤至斗志昂扬，她的眼光越来越狠辣，预测能力也出神入化，很快成为华尔街远近闻名的"东方女股神"。

命运无常

世上从没有被命运抛弃的人，只有被命运捆住手脚的人。任何人的一生都难免会有坎坷和失意，关键看以什么样的态度去面对。

正当于凤至踌躇满志，在股市做得风生水起时，玛丽亚精神病疗养院给她发来儿子张间珣的病情通知，要求于凤至尽早将孩子转院治疗。

于凤至很是心疼张间珣，如果不是因为战争，孩子的病情不会到现在这种地步。她既难过又自责。

于凤至匆匆赶往医院，孩子经过两年多的治疗，非但没有好转，反而更加严重。医院几次催促于凤至将病儿接走，并明确地告诉她，这种病继续治疗，也只是浪费金钱，并无起色，不如回家静养。

于凤至却对医院的治疗充满期望。在她苦苦恳求下，医院勉强同意继续为孩子治疗，但告诉她，以孩子目前的状况，治愈的希望非常渺茫。

她来到病房探望孩子，看见儿子捧着小相框，里面是张学良的小像。她知道孩子在神志清醒时，总会捧着张学良的相框思念父亲。于凤至悲从心来：转眼到美国已经十几年了，张学良却连孩子的面也不曾见过。如今儿子情形如此糟糕，思念父亲的意念却如此强烈，如果丈夫在身边该有多好啊！

她黯然伤神，陪伴过孩子后，伤心地离开了医院。

医生无奈地摇头，告诉于凤至，这个孩子时日不多了……孩子日益消瘦的面容……他对着张学良的小像怔怔不语……这一幕幕情景回放在于凤至的脑海中，于凤至再也忍不住，悲从心来，无力地坐在医院大门前的花坛上，任泪水模糊了双眼。

当初，自己离开张学良时曾对他承诺，一定会照顾好他们的孩子，培养孩子们长大成人，而此时，看到儿子这个样子，她觉得自己做了一件天大的对不起张学良的事，她没有实现自己对他的承诺，没有照顾好他们的孩子。

于凤至突然站起身来。她觉得不能再拖延了，经过一番深思熟虑，于凤至做了一个惊人的决定——要想方设法把孩子送回中国，让他们父子见上一面。

小时候的张闾珣就最崇拜张学良，或许，孩子的病情已经到了如此严重的地步，是日夜思念他的父亲才加重的，如果设法让孩子见到父亲，他的精神或许会产生喜悦，病情就会跟着好转起来。

于凤至又想，即使孩子的病情得不到好转，在这种情况下，见到父亲一面，也是圆了孩子的心愿，也圆了丈夫的心愿，毕竟，父子终得相聚了。

于凤至想到此，便开始考虑怎样才能让儿子回到张学良身边。

于凤至一面埋头股市，一面多方联系。她想起在1953年时，宋美龄得知张学良的儿子张闾珣病势日重，便向张学良和于凤至表示：孩子可来台湾治疗。

当时，于凤至考虑台湾的医疗水平不及美国，所以当时并未应答。

如今，看着儿子思父心切，她开始物色能替她护送儿子去台湾的合适人选。最终她在美国朋友白尔和雷纳的帮助下，将儿子送上了前往台湾的飞机。

20世纪50年代，中国发生了翻天覆地的变化，蒋介石领导的国民党政权退到台湾维持自己的统治。蒋介石对张学良一直心存芥蒂，生怕这只"东北虎"一旦获得自由，会和共产党联盟，所以一直幽禁张学良，即使退守台湾，也不放过张学良，把他带到台湾囚禁起来。

　　于凤至送走儿子之后，每天都盼望着从台湾传来消息。她的心中一直很担心，儿子去了那里和张学良能顺利见面吗？蒋介石会不会千方百计地阻挠呢？

　　正在于凤至忐忑不安、焦急地等待儿子的消息时，白尔和雷纳出现在于凤至的小楼里。

　　出行前，他们计划把孩子送至张学良身边后，顺便在台湾各地游览一番，计划要月余时间才能回来，于凤至没想到，不到半个月他们就回来了。

　　面对突然归来的朋友，于凤至显然有些吃惊。

　　白尔告诉于凤至，此次去台，将孩子送至地点，但他们俩却并未见到张将军。

　　于凤至不解，既然他们都没有见到自己的丈夫，孩子又怎么能安全与丈夫相见呢？

　　原来，白尔与雷纳去之前，于凤至将宋美龄的住址给了两位朋友，他们送孩子飞抵台北中正机场后，先入住台北圆山饭店，次日带着于凤至的书信，准备拜访宋美龄，但遭到当地军警盘查，并阻止他们前去拜访。

　　回到圆山饭店，他们被特工盯梢并询查，得知这两位美国人是送张学良的病儿前来见父，便回去请示。随后，通知白尔一行次日随他们一同乘船前往基隆，也就是软禁张学良的地点。

　　抵达之后，一些陌生人将张闾珣带上了一辆车，并强行让他们离开台湾。

　　于凤至听后既悲伤又愤慨。若是让孩子留在身边，自己尚可每日照料，如今，自己一时冲动将他送回台湾，不但不知道父子能否团圆，甚至连孩子是生是死都未可知。

她内心如严冬来到，结满了冰霜。

于凤至虽然身在美国，但却从未放弃自己的信念，那就是，总有一天，丈夫会恢复自由，总有一天，夫妻会相聚，再也不分离。

而台湾，那个监禁自己丈夫的地方，那个让自己和丈夫分离的蒋介石，都是她心头的刺。

两年后，于凤至从宋霭龄的口中得知了儿子张闾珣的消息。在白尔将张闾珣送到台湾后，蒋介石让父子俩进行了短暂的会面，随后便派特务将孩子送到永和医院，永和医院的条件与美国相比十分落后，孩子到台湾治病，本想可以陪伴在父亲身边，没想到，特务对张学良看管很严，父子见面时间非常有限，可怜的孩子，虽然和亲生父亲近在咫尺，却一个人孤苦伶仃地被关在精神病院里。

孩子的状况，最需要的是至亲的安慰和关爱，但如今，可怜的孩子只能独自忍受痛苦的梦魇。他再想回美国却是不可能的，台湾当局不会放行，孩子病弱的身体也难以承受长途之苦，就这样，孩子到台湾不到半年，就在永和医院凄然去世了。

于凤至陷入了深深的自责中。若不是自己执意将孩子送回台湾，孩子或许就不会带着痛苦离世。悲莫悲兮生别离，更何况是白发人送黑发人。

祸从天降

知道儿子张闾珣去世的消息没多久，于凤至在美国的挚友莉娜因脑溢血，也突然离世。

于凤至感觉自己又像一个孤单的行者，要独自面对命运的挫折了。

坚强的于凤至是不会轻易向命运低头的。她告诉自己，无论何时，都要昂首向前。毕竟，生活在向好的方向发展，蒋介石对张学良已经放松了"管束"，张学良能够与美国的家人自由通信了。

张闾瑛不能忘记：1954年12月的一天，她收到了父亲邮给她的墨迹，张学良据心境之感为女儿泼墨竖书：

闾瑛索书：

食止乎饱，衣止乎温。
心止乎正，愿止乎诚。

张学良
1945年12月

从张学良留的日期可见，这封信是经过近十年，才到了女儿张闾瑛手中。

张闾瑛早年跟随张学良和于凤至远赴欧洲求学，1934年张学良回国时，张闾瑛还是个19岁的少女，但从那以后父女二人便大洋相隔，难再相见。张闾瑛博学多才，是哥伦比亚大学的博士，精通多国语言。在英国留学期间，张闾瑛与东北大学第一届毕业生陶鹏飞相识。1941年，张闾瑛与陶鹏飞结婚。陶鹏飞历任中美联谊会会长、美国加州圣旦克兰大学教授，是一位很有成就的才子，夫妻二人伉俪情深，在美国生活得很幸福。

张闾瑛对父亲的墨迹很是珍视，她小心地珍藏起来。她相信，总有一天，自己会和父亲见面。

1958年的一天，命运又给了于凤至一记重创——她的二儿子张闾玕出了车祸。

张闾玗天资聪颖，学习刻苦，顺利地考入斯坦福大学，继续着从前在英国剑桥时未学完的学业。

1949年，张闾玗以优异的成绩毕业于斯坦福大学，为了减轻母亲的负担，他在读大学期间，背着母亲和姐姐外出打工，靠自己的力量自谋生路。直到他毕业，于凤至才知道，孩子的许多学费，是靠他自己打工赚得的。

1950年，这个聪慧阳光的孩子又报考了康奈尔大学，攻读博士学位。此时的于凤至已得到英国人伊雅格的资助，后来炒股也赚了许多钱，不必再担忧经济问题，但张闾玗有了打工经验，依然和他的女友自食其力。

毕业结婚后，张闾玗很快在纽约立稳脚跟，有了一个幸福的小家庭，并有了可爱的孩子。

张闾玗生性活泼好动，各种运动他都拿手，但他最热爱的还是每次都会使肾上腺素飙升的赛车运动。工作之余，他会参加一些富有刺激性的赛车比赛。在有了一定的经济实力之后，张闾玗买了一辆属于自己的赛车。

妻子对他痴迷赛车有所抱怨，于凤至知道此事，也多次来到他居住的地方，劝他不要热衷这项危险的运动。已经成年的张闾玗对自己的赛车技术非常自信，他安慰母亲，自己会小心，况且，他参加过无数比赛，已经是个老手，让母亲不必为此担心。

1955年秋天，张闾玗以他娴熟、高超的驾车技术，一举夺得加州车赛的冠军，这使张闾玗信心倍增。他想参加全美赛车比赛，获得更大的成功。

此时，美国各州都掀起名目繁多的"赛车热"，争强好胜的张闾玗希望在1957年夏天洛杉矶举行的美国全国赛车大赛上再创辉煌，工作之余，他全心投入，早出晚归，加紧练习赛车。

因为母亲的反对，妻子的抱怨，他只能偷偷练习。

在一个大雾弥漫的清晨，张闾玗一如既往，独自开着赛车到险峻的陡坡练习赛车，晨雾朦胧，山路盘旋，能见度低，十分危险。张闾玗驾驶着赛车疾速行驶，那条自己走得非常熟悉的路，平素并无多少车辆，他万万没有想到，在晨雾中，一辆卡车奔驰而来。急刹车已经来不及了，他迅速将赛车向公路另一侧闪让。由于车速太快，陡坡路滑，他的车与迎面驶来的车擦身而过时，发生刮擦，赛车失去平衡，从公路滑跌入路边深深的沟壑中，张闾玗不幸摔成重伤。

于凤至刚接到儿子出事的电话时，完全愣住了：她万万没有想到，自己健康聪慧、懂事能干的儿子会发生这样的意外。

她撂下手头正做着的股票功课，疯一般地开车驶向电话中所告知的医院。

眼前的张闾玗裹满了绷带，白色的布条上还不断地渗出脓水和鲜血；没有绷带包裹的地方早已被烧得焦黑，血肉模糊的儿子让她无法相信眼前所见的一切。

这个坚毅的女人此时再也站不住了，她脑子里一片空白。

待她情绪稳定后，医生告诉她，她的儿子就算抢救过来也只是植物人了。

于凤至没有想到，自己的三个儿子都这样不幸。小儿子尚在年幼时，就得肺病离开了人间，大儿子离世不久，如今二儿子又生死未卜……

即便如此，她也不愿意放弃对张闾玗的治疗。

自己当初得了乳腺癌，几乎被判了死刑，不也治愈了？

张闾玗总算是抢救过来了，但是昏迷不醒，无知无觉。于凤至每日不辞辛苦地照顾着儿子，在她心里，只要人没死就还有一线希望。她揣着这份念想，如履薄冰地生活着。

为了儿子，于凤至更加努力地赚钱。张闾玗的病拖了两年，终因伤口化脓导致败血症，医治无效，与世长辞。

探亲始末

曾经，多少誓言今成空？曾经，多少欢笑已逝流？芸芸众生许多事，何不谈笑付红尘。人生梦一场，谁人不留伤。

于凤至走在人生的坎坷路途上，从未想过后退，从未想过放弃。她知道，那些挫折、那些伤痛，在时间面前，都会变成坚硬的铠甲，让自己更加坚强。人生是条单行线，不能留下遗憾。

经受百般磨难的于凤至还是像以往一样，出入于证券交易所，只是此时此刻，她的心境早已发生了天翻地覆的变化。

1958年，女儿张闾瑛和女婿陶鹏飞带着于凤至飞往美国西海岸的旧金山。

旧金山是美国加利福尼亚州太平洋沿岸港口城市，是加州仅次于洛杉矶的第二大城市，是美国西部最大的金融中心和重要的高新技术研发和制造基地。

旧金山还是美洲华人最为密集的聚居地，世界上著名的高新技术产业园"硅谷"的所在地，每天吸纳着无数高科技人才和世界各地的游人。

于凤至抵达旧金山后，女儿女婿带领她游览旧金山。这里聚居着各种肤色、穿着各种服饰的人群，华人随处可见。在于凤至眼里，这里简直就是一个世界的缩影。

初来乍到的于凤至对旧金山的环境并不适应，这里海风潮湿，使她感到身体不适。

初到旧金山的于凤至和女儿女婿住在蒙哥马利大街附近的一幢公寓楼里。这幢公寓楼地处繁华大街中心位置，周围每天车水马龙，夜晚灯红酒绿，酒吧、商场迎送往来宾客。这里显然与当初于凤至在纽约长岛安静清雅的居住环境完全不同，因此于凤至倍感不适。

于凤至住了一段时间，向女儿提出自己要重新购买一处环境安静、适合生活的房产。

女儿张闾瑛和女婿陶鹏飞都感到为难，张闾瑛觉得，她和母亲在一起生活已久，而且弟弟们已相继离开人世，虽然旧金山附近的确可以寻到远离城市喧嚣的住宅，可是母亲一个人居住，她十分不放心。

为了让母亲继续和自己生活在一起，张闾瑛甚至以炒股为由，告诉于凤至这旧金山是第二个华尔街，母亲可以去股市消磨时光，如果母亲去了郊区，远离尘嚣，来趟城市不容易，况且，一个人生活，有诸多不便，有女儿一家照顾，操劳大半生的母亲可以享点清福。

无论张闾瑛怎样劝说，于凤至都不想在闹市区待着。而女儿、女婿在旧金山城内谋职，如果和母亲一起去远离市区的地方，也很不方便。

但于凤至态度坚决，张闾瑛也只能遂了母亲的心愿。

1960年春，于凤至从旧金山移居到距城20里外的小镇多树城生活。

此地人烟稀少，四周是茂密的红桧林和起伏连绵的丘陵，错落有致的小洋房掩映在绿树下，环境十分优雅。

于凤至带着蒋妈住进了新的居所，在这片与世无争的小镇上安静度日。

蒋妈一直追随和照顾着于凤至的饮食起居，彼此习惯，但时光荏苒，蒋妈也老了，行动迟缓，身体一年不如一年，于凤至为了减轻蒋妈的负担，又在当地雇用了一个名叫爱达的菲律宾女佣帮助年迈的蒋妈一起打理日常家居事务。

这个年仅17岁的菲律宾女孩，虽然皮肤黝黑，但手脚勤快，很讨人喜爱。爱达自从成为于凤至家的女佣，一直在于凤至身边照顾她，直到于凤至病故，长达几十年，二人的感情超出主仆。

于凤至因为住在乡下，所以置办了新的轿车。她依然要去城里的证券交易市场炒股，车是必备的出行工具。

为了使自己的出行更为方便、安全，于凤至教会了爱达开车，每当星期二，爱达都会开车送于凤至进城。

于凤至在旧金山小试身手，凭着智慧和经验，很快适应了这里的炒股路数，赚得丰厚的收益。

这天，于凤至如往常一样，正欲让爱达送她进城，女儿开着车飞驰而来。张闾瑛打开车门，手中扬着一份报纸，满脸喜色。于凤至接过一看，是《华盛顿邮报》。她正纳闷，张闾瑛指着其中的一版内容，兴奋地告诉于凤至，父亲已被解除"管束"。

这简直是喜从天降。于凤至展开报纸，一个字一个字地读了起来……这消息来得太过突然，太过猛烈，她几乎有些怀疑自己是在做梦。

擦擦眼睛，她仔细看报：

[本报台北讯]

被囚多年的西安事变主角张学良解除"管束"

近据记者威尔威从台湾可靠渠道获悉，因在中国发动"西安兵谏"而获罪的东北军将领张学良，最近被蒋介石解除"管束"。张氏系1936年12月在南京被军事法庭判处10年刑期以后，从而开始漫长囚禁生涯的。中国大陆失守后，蒋氏将张学良迁至台湾继续幽禁，直到最近蒋介石才下达了解除"管束"的命令。据信，蒋氏解除对张学良的"管束"是碍于国际舆论的压力所为……

事实上，1959年3月，张群就以"总统府"秘书长的身份来到张学良的幽禁地，向他传达了蒋介石解除"管束"的命令；但也指出，为了对张学良负责，需派警员对他进行"保护"。

也就是说，蒋介石虽然在国际舆论的压力下，下达了解除"管束"的命令，事实上却更加严密地监视着张学良的一举一动，任何人想见张学良都不是那么容易，需要警务人员批准才行。张学良并没有自由可言。

1961年夏天，张闾瑛又给于凤至带来一则好消息，那就是自己的丈夫陶鹏飞收到了来自蒋介石的请柬，邀请他去参加台北阳明山中正会堂举行的首次阳明山学术恳谈会。

张闾瑛此时心情忐忑，母亲憎恨蒋介石，甚至敌视台湾，她担心母亲会阻拦丈夫陶鹏飞的台湾之行，没想到，于凤至闻听此事，非但没有阻拦，还鼓励女儿张闾瑛和陶鹏飞一起前往台湾，看望张学良。

1961年8月初，陶鹏飞与张闾瑛乘坐从美国旧金山起飞的大型客机，前往台湾。

陶鹏飞此时是美国加州圣旦克兰大学教授，应邀参加学术会议，此会议是蒋介石为了垄断舆论、联络海外华人学者而召开的。张闾瑛则是受母亲的嘱托，随夫探望父亲。

会议结束，张闾瑛夫妻二人随众海外华人学者一道游览了当地风景名胜，他们更迫切的是想早些探望父亲。

虽然当初传出"张学良解除'管束'"的消息，他们的住地与张学良的居所也相距不远，但他们探父的请求却遭到台湾当局一再拒绝，夫妻二人心急如焚，愁眉不展。

为了能够见到父亲，张闾瑛夫妇更是找寻了许多在台湾的张学良当年的部下和朋友，依然不能实现探父之愿。

最后，夫妻二人找到"总统府"资政张群帮助，张群不仅位高权重，而且和蒋介石私交甚密。

之前，张学良从报纸上也得知女儿女婿来到台湾，请张群出面使他能够和女儿女婿相见。

张群不负众望，说服了蒋介石，离别二十余载的父女得以相见，含泪诉说别离之苦、思念之情。

张闾瑛将丈夫陶鹏飞介绍给张学良认识，得知自己当年任东北大学校长时，陶鹏飞在他那里读大学，自称是张学良的学生，张学良欣喜异常。

二人相谈甚欢。

张闾瑛将于凤至托自己带的照片递给张学良，并告诉张学良，母亲在美国生活得很好，她十分想念张学良。

为了缓和气氛，张闾瑛谈及张学良一直在研究的《明史》，没想到，张学良告诉女儿，自己当初的确对《明史》很感兴趣，研究《明史》，是想弄清中国近百年来总是受外国欺凌的原因。为了弄清这些，他甚至为此写了数以百万字的笔记，还打算先研究明史，再研究清史，最后研究民国史。但后来受蒋夫人宋美龄的影响，现在已经转移了兴趣，在读《圣经》，并对基督教产生了深厚的兴趣。

张学良为什么会将自己研究了许多年的明史放弃？宋美龄为什么要劝张学良弃《明史》而读《圣经》？张闾瑛夫妇感到纳闷，但随后他们还听到一个更让他们吃惊的消息。

第八章

放手之间，只为成全

于凤至由起初的坚决不签字，到最后毅然决然地在离婚书上签下自己的名字。世事其实都是在它适当的时候降临，只是当事人没有适当的心情去迎接它。

奔走呼吁

张学良自青年时代起就统兵作战，半生戎马，西安事变后，他被囚禁，失去自由，1937 年 9 月底，在特务队长刘乙光等人的"陪同"下，张学良与夫人于凤至离开溪口，一直在江南各地辗转，从安徽黄山、江西萍乡，到湖南郴州、永兴、沅陵，再到贵州修文、贵阳、开阳、桐梓等地。其中在贵州时间最长，达八年之久，并处于相对稳定时期。

1938 年 11 月，张学良等人来到了贵州修文县阳明洞。修文县就是明代著名哲学家王守仁被贬的龙场驿。阳明洞在一座独立的小山龙岗山上，这里是王守仁聚众讲学、修身养性、著书立说的地方，为贵州名胜古迹之一。洞旁还建有一座纪念王阳明的大祠堂，房舍整齐宽敞，院落很大，张学良就住在这里。

张学良幽居阳明洞，耳濡目染皆为阳明遗迹，他有感于自己和王阳明一样的遭遇，便对王阳明被贬龙场驿的情况十分好奇。他向当地政府要来了一部修文县志，想从中了解王阳明的事迹。王阳明被贬龙场驿那一年是 37 岁，而他在西安事变后被拘禁也是 37 岁。王阳明的经历和学识引起了他极大的兴趣，王阳明不为强权所屈的往事及其"龙场悟道"的经历也为张学良提供了精神动力，这就成为他研究明史的导因。张学良由研究阳明学说，到进一步研究了明史。他希望在历史上找出一些解答现实问题的道理。

随着抗日战争的胜利，张学良的十年徒刑也已期满，但蒋介石并没有释放他，反而将他转移至台湾。张学良深知，在蒋介石活着的时候，他是被幽禁、与世隔绝的人，休想获得真正的自由，研究明史也无力报国。在出笼无望、报国无门的长期幽禁生涯中，他感到自己需要有一个信仰。那时候情报局派到他那里负责的人是个佛教徒，并同张学良谈佛教，也为他安排了去见在新竹的几位佛教法师。张学良同他们谈了几次，也买了许多佛教的书来研究，于是开始信佛。

张学良当时无奈、苦楚和平寂的心境，使他需要一种解脱的方式，佛门原本不是他的追求，但他看到身边有许多人信佛，佛教作为信仰也可使自己活得有意思一些，赵一荻也同他一起信起了佛教。

1958年5月17日，宋美龄突然来到西子湾张学良的住所，这是他们在台湾的第二次会面。张学良毫无思想准备，有些措手不及。宋美龄问及张学良最近都读什么书，张学良告诉她，自己正在研究佛学。张学良还很得意地向她讲了对佛教的见解。

宋美龄却说张学良走错了路，她希望张学良如她一样，也研究基督教。

张学良和宋美龄关系很好，西安事变后，张学良被蒋介石幽禁。1949年国民党政府败退台湾前，杨虎城全家惨遭蒋介石杀害，而张学良却躲过劫难。在蒋介石杀杨虎城而留张学良的问题上，张学良是这样说的：

我的没死，完全是蒋夫人保护我，蒋先生是要把我枪毙的。这个情况，最初我也不知道。但后来我看到了一个东西，我才知道。看谁的呢？

是美国的公使（美国驻华大使詹森，1929—1935年任驻华公使，1935—1941年升格为大使，在中国任职三十多年）写的，你们大概也知道，在图书馆里。有个朋友抄写下来，拿给我看。他说是宋子文，对蒋先生说，但我认为这决不是宋子文，而是蒋夫人说的——你要是对那个小家伙有不利的地方——当年，他们都喜欢称我为家伙，我立刻走开台湾，我把你的内幕都公诸于世。这句话很厉害。

我把你的事情都给你公布了，这很厉害。蒋夫人承认我，管我叫绅士。她老抱歉我受这罪，她老说"对你不起"。蒋夫人很保护我的，我很感激她。

当年我认识她的时候，我们是在上海（1925年春，张学良两次到上海），有人请客，那时候我也不知道她是谁，人家介绍说，这是孙中山先生的小姨子。后来（1929年，发动中东路事件前夕，蒋、张首次会晤），蒋先生在北京请我们吃饭、喝茶，在座的还有阎锡山等人，我见了蒋夫人，她说："汉卿，你好！"蒋先生很奇怪："你怎么认识他？"她说："我认识他比认识你还早。"

我认为蒋夫人是我的知己，蒋夫人对我这个人很认识。她说一句话，很厉害。她对外头讲，她说西安事变，他张学良不要钱，他也不要地盘，他要什么？他要的是牺牲！

张学良被幽禁期间，宋美龄一直对张学良倍加保护和关怀，从而使张学良避免了杀身之祸，直至重获自由，安度晚年。

张学良半个世纪的幽禁生活中，保存的500余封信签，宋美龄写给他的就有100多封。

张学良对宋美龄十分信任和感激，宋美龄对他说的话，也就十分管用。

宋美龄劝他信基督，张学良就告诉她很希望多学点英文，以便理解基督教义。宋美龄答应帮助他。从此，张学良的明史研究和佛教信仰，进入尾声。

1960年1月，宋美龄再次来到西子湾张学良的住所，决定请刚从美国卸任回来的董显光"大使"帮助张学良学习英文，研读《圣经》，并引导张学良皈依基督教。2月2日，董显光偕夫人来到高雄张学良家中。2月9日，张学良开始祷告。从张学良研究明史，信仰佛教，到皈依基督，仰求上帝，可以看出幽禁中的张学良的心路历程十分曲折。

最终信教，也是因为张学良与基督教有着深远的历史渊源——他18岁时加入了基督教青年会的活动，内心受到基督教的影响，产生了对基督教的强烈共鸣。

因为父命难违，他本非所愿地成了军人，经历诸多变迁，又因宋美龄的引导，张学良从此笃信上帝，在困苦的囚禁生涯中，获得了新的精神寄托。

在他年老的时候，他认为自己能到夏威夷这个美丽的地方自由居住，多难的他能活到一百岁，都是上帝的恩典。1998年9月，张学良将军手书条幅一帧——"信耶稣有永生"，表达了他的虔诚之心。

基督教有一条教规，那就是，如果牧师为他举行洗礼仪式，他必得是一夫一妻的婚姻状况。张学良在台湾，身边一直有赵一荻同居几十年，不离左右陪伴，而他的原配于凤至却在美国。

要入教，成为虔诚的基督教徒，张学良必须做出选择。

为了接受洗礼，张学良决定和于凤至解除婚姻关系。

宋美龄劝张学良入基督教，其实也是蒋介石的意思，是出于政治考虑。

于凤至在美国生活，对蒋介石有看法，而且明确表态，宁死他乡绝不回台湾。在蒋介石看来，如果有一天张学良重获自由，就会去美国，于凤至是张学良脱离台湾去美国预留的后路，为了根除张学良走出台湾的念头，必须让张学良与于凤至离婚。

宋美龄抛出的试金石，张学良心里很清楚，虽然内心痛苦，但既为给赵一荻一个身份，又消除蒋氏的疑虑，他还是慨然表态，并写了一封信给于凤至，向她提出解除婚姻关系的请求。

他把信一直收在抽屉中，随时准备托人带到美国转给于凤至。

张学良哪里知道，于凤至在美国，除了炒股赚钱，一直在为他的恢复自由而奔走。于凤至从来没有放弃过夫妻团聚的信念："按照临别，我在美国不断地找议员、律师及侨领们，请他们相助向蒋政权要求释放汉卿，来美国和家人团聚，我活的目的是汉卿获得自由，我时时激励我自己为此奋斗。我忘记了病，我没有想到我在异国他乡孤身一人，已经不理会人间的冷酷，我不知觉岁月如何得以流逝。一年一年过去了，1946年汉卿被押解到台湾。这时抗战已经胜利，蒋介石仍然囚禁汉卿，根本不尊重法律和丝毫不想汉卿在东北时对他的起死回生的帮助恩惠，更不顾老百姓对汉卿的拥护，这个独裁者会被历史裁判的。"

张闾瑛和父亲谈及母亲在美国的努力，张学良既感动，又愧疚，心里对于凤至更加思念。

当然，张闾瑛夫妇万万没想到，父亲张学良加入基督教，却是要以和母亲离婚为代价。

"孩子们，根据基督教的教规，如果我真的接受领洗，那么就必须要做出牺牲啊。"张学良用颤抖的手掏出一封信来，郑重地交给张闾瑛说，"可是现在，对基督信仰了很久，牧师却一直不肯为我这个忠实的基督教徒做洗礼。这是因为蒋夫人说过了，在基督教徒进行洗礼的时候，不能同时有两个妻子。因此……闾瑛，请你们务必要把这封信转给你妈妈，就让她为我下这个决心好了……"

"爸爸，请您放心，我们一定会带到的。"张闾瑛和陶鹏飞都感到手里的这封信关系重大，他们望着张学良那张痛苦的脸庞，深深地点了点头。

时间来到1961年，自1940年离开中国，于凤至已在美国生活了20多个年头了。

在这20多个春夏秋冬中，于凤至经历了4次手术，两次丧子之痛。如今她家财万贯，生活安定，早已是享誉美国的"东方女股神"。但这些对她来说又有什么用呢？她多么思念远在台湾的丈夫张学良呀！

她想，当初丈夫为了国家统一，宣布东北易帜，本想着奔赴战场，卫国御敌，没想到蒋介石不把枪口对准日本人，却让他调转枪炮，进行内战。看着手下之人不明不白地死亡，丈夫不惜以身犯险，囚禁蒋介石，逼其与共产党统一抗日，这才使得千百万中国人走出了水深火热的困境。但是，他自己也为此付出了惨痛的代价，至今已有二十多个年头了，丈夫还在牢笼中受着监禁之苦。

于凤至想着自己身负嘱托来到美国，与癌症奋力抗争，她战胜了病魔，按着丈夫的嘱托将儿女们都接到身边，本想着凭自己的本事，将孩子们抚养成人，让他们在美国得以安家立业，等待着张学良归来，共享子孙绕膝、阖家团聚的天伦之乐，但两个儿子都因意外而先自己而走。丈夫是否为此难过，责备自己没有尽力？她甚至为自己因手术而导致身体的残缺而难过——丈夫会嫌弃自己这一个不完整的身体吗？

无论思潮如何起伏，她决不会放弃自己的心愿，来美国的最终目的，就是营救张学良啊！

两地之间

世界上最远的距离，不是树与树的距离，而是同根生长的树枝，却无法在风中相依；世界上最远的距离，不是树枝无法相依，而是相互瞭望的星星，却没有交汇的轨迹；世界上最远的距离，不是我不能说我爱你，而是想你痛彻心脾，却只能深埋心底。

于凤至身在美国，无时无刻不在想念着丈夫张学良。

随着时光流转，当年的少帅已经两鬓华发。20世纪50年代末，张学良向蒋经国要求在台北附近的北投购地兴建宅院获准。在等待新居落成之前，张学良夫妇被幽禁在台北阳明山区的禅园，也就是今天的少帅禅园。

少帅禅园依山而筑，由最高点入口逐级而下，左为警卫亭，右为当年守军宿舍。进门之后，偌大一个园子，亭台楼榭婉转，花草树木茂密。主屋视野开阔，可俯瞰温泉山谷和关渡平原。

张学良与赵一荻在禅园的生活受到严格管制，但两个人仍自得其乐。张学良在这里种菜、浇花、读书，赵一荻则养鸡、缝衣、做美味佳肴。

张学良喜爱美食，东北菜、江浙菜、广东菜都是其心头好。1961年，张学良搬到离禅园不远的自建房。

1962年春节期间，张学良患了一次轻微的心脏病，他在医院住了较长一段时间，赵一荻对他照顾有加。

他时常会回想大女儿张闾瑛和女婿陶鹏飞来看望自己的情景。

从已经满脸细纹的女儿那里，他得知了更多关于于凤至和孩子们的消息。他想到如果于凤至收到自己写给她的信，面对他提出的离婚，她能经受得住打击吗？

可是看着身边的赵一荻，她16岁那年就投奔自己，抛弃安逸幸福的生活，放弃了娘家的亲人，放弃和儿子在一起的天伦之乐，几乎是放弃了一切，甘愿走进密不透风的牢笼照顾他、陪伴他，在苦难的幽禁生活中，一关就是二十几个春秋，这样痴情的傻女人，如果辜负了她，苍天难容。

想到这件事，张学良长吁短叹：在他心目中，于凤至是最好的夫人，是他的亲人；赵一荻用生命支撑他、陪伴他，走过最难熬的漫漫囚徒岁月，是他身边的爱人和亲人。

张学良在宋美龄劝说下开始信基督教，他和赵一荻先是在阳明山教堂读《圣经》，后来在宋美龄的安排下，他们开始到台北士林官邸最大的士林凯歌教堂上课。那是蒋介石、宋美龄做礼拜的教堂，他们是笃诚的基督教徒。

每到礼拜天下午，无论天气好坏，身体是否给力，宋美龄都要和蒋介石到士林的凯歌教堂，请周联华牧师为他们讲经布道。士林凯歌教堂是国民党上层人物上课的地方，一般人是进不去的。

张学良和赵一荻在这里寻找精神上的寄托，并有了和外界交流的机会。宋美龄介绍董显光、曾约农、周联华帮助他们学习英文和《圣经》，研究神学，这样一来，张学良和赵一荻苦寂无聊的生活变得充实起来。他们每周三被允许到台北的士林凯歌教堂做礼拜。

和蒋介石相比，蒋经国对张学良的态度不一样，他对张学良很讲感情，派自己的副官罗启陪伴张学良到山下做礼拜，听主教周联华牧师讲道。

彼时，张学良已经年逾六十，赵一荻也50岁了，他们从头开始进入正规的神学学习研究领域，不是件容易的事。虽然他们有一些英文基础，但读英文版的《圣经》就不那么顺畅了，必须恶补英文，即使这样，还要不断翻词典才能勉强读下去。

但他们非常用功,他们申请的是美国南浸信会的神学函授课程,寄来的功课先由周联华译成中文,录在录音带上,让他们拿回去听,然后用中文答题,周联华译成英文再寄回神学院。

在张学良和赵一荻到士林凯歌教堂做礼拜、研习《圣经》的时候,于凤至却在等候着女儿从台湾带回的关于张学良的消息。

张闾瑛从台湾回美国以后,将父亲的身体情况、生活情况一一向母亲述说,说父亲看起来老了好多,拄了拐杖,掉了牙,还驼了背,也是个老人了。

于凤至听得一脸认真,在脑海中想象着张学良现在的模样,她翻着眼睛,抬着头,怎么也想象不出女儿口中那个糟老头的模样。

于凤至甚至微笑起来,时光过去许多年,自己也成了老太太了,可是张学良在她心中永远都是一副英姿勃发的样子。

张闾瑛看母亲如此开心,实在无法将父亲让自己交给母亲的信拿出来,她默默地将信收着,一直不敢告诉母亲,她不知道该怎样对母亲开口说这件事,如果真的要用离婚来换取父亲的自由,母亲会同意吗?

痛读家书

1963年秋天,美国旧金山郊区的小镇——多树城的乡间别墅前,于凤至迎风而立,她清瘦却沉静,年过六旬却依然显得比实际年龄年轻,并且气质静美。

张闾瑛时常会来到母亲身边,看望母亲,以缓解她的孤寂。

这天,她们又坐在花坛旁观赏风景,于凤至忍不住问女儿一直藏在心中的疑问，那就是女儿去台湾探望父亲，难道张学良连一封信都没有给自己吗？

于凤至总怀疑女儿有什么事情瞒着自己。

张闾瑛欲言又止。此时她心里愁肠百结，如果继续将事情隐瞒下去，母亲百般追问，她无法搪塞；可是，如果将父亲的信交给年迈的母亲，她又怎能经受得住这突如其来的变故？

张闾瑛心里太清楚母亲对父亲有多么深的感情，母亲一心在为父亲的自由奔走呼吁，在为父亲晚年能回美国而努力赚钱。母亲虽然与父亲分居多年，天各一方，但她是父亲明媒正娶的原配。父亲的信，她实在没办法拿出来。

况且，一年前，跟随母亲多年的蒋妈也已去世，母亲越发孤独，身边只有菲律宾女佣爱达和她朝夕相处，母亲再也不能受任何打击了。

当晚，张闾瑛夫妇陪于凤至共进晚餐，于凤至看了看女儿和女婿，镇定地让他们把张学良的信拿出来。

张闾瑛和陶鹏飞都紧张起来——他们没想到母亲会看破他们的心思，甚至猜到他们带有父亲的亲笔信。

张闾瑛只好把藏了两年的张学良写给于凤至的信递给了母亲。

于凤至内心也非常惶恐——孩子们藏信，必然是不好的事情。到底是什么事，让他们把丈夫写给自己的信藏了两年？

但是她显得十分冷静。这些年，她受的打击还少吗？难道还有什么打击可以击倒自己吗？

于凤至想了无数种可能，万万没有想到，会是这样的一封信。

凤至大姐：

闾瑛、鹏飞之来，带来了你的信息，知你生活平静，身心健康，不胜高兴，思念之情，稍得安慰。数十年了，你与我同历盛衰，共赴磨难，汉卿于心何忍。我一人获罪，却连累三人坐牢（还有一荻小妹），我心难安。然而，你从无怨言，芝魂兰韵谁人可比，昆玉秋霜再无匹敌。你对汉卿恩之深，爱之厚，关照之重，永世难忘。今生得一凤至为妻足矣！反思之，我给了你一些什么呢？只有一世辛苦、半生哀愁。忆之思之，俱汉卿之罪孽。我这一辈子，虽不得其志，至今无悔；只有一件憾事，那就是对不起大姐，欠你的实在是太多太多。想当年，弟统兵数十万，南征北"剿"，气吞万里如虎。也曾为开发东北，稳定中原，树勃勃大志，大展武运雄风。谁能想到，阴差阳错，舛途生变，无过而遭唾骂，无罪而受牢刑。此间你为我陪牢伴狱，形同犯妇。呜呼，身世浮沉，其非天意也？奋争固然可贵，成败千古莫测呀！

近年来，弟超脱凡俗，习读《圣经》，似有所悟，意欲摒弃一切人间苦恼，而皈依基督。然戒律有言，不能一夫多妻，只有一位太太才能受洗。弟权衡再三，一生所剩时光苦短，且与大姐重逢无日，夫妻情名存实无。而一荻在我身边，伺奉晨昏，也有几十年光景，遂生求近而舍远之念，请求大姐与汉卿解除婚约。大姐是至明至察之人，对汉卿之心洞若观火，一定能深加理解，遂小弟心愿。何去何从，任由大姐酌定。

弟 汉卿 手启

好一阵，她拭去了眼里的泪花，终于看完了两年前张学良写给她的信。她低头沉思，天地似乎也静止了下来。她想，自己的一切努力都付诸东流了。她怅然若失。

她又细细地读着信中的文字，这么多年的分别，"得一凤至为妻足矣"才是丈夫的心声呀！他在困难处境下倾吐肺腑之言，他是在不得已的情况下才请求自己与他解除婚约的呀！于凤至的心被深深地震动了！

闾瑛紧紧抱住于凤至，她生怕母亲会想不开。

于凤至经受着内心的痛苦挣扎，渐渐冷静下来。

她告诉女儿女婿，张学良此举，无非是蒋介石的意思，他之所以在为张学良的洗礼这件小事上大做文章，无非就是担心张学良会脱离台湾，来到美国。他们是想把张学良永远囚禁在那个海岛上。而丈夫张学良在基督和亲情上做出抉择，也是不得已之举。

张闾瑛夫妇没想到母亲虽然隐居旧金山城外，却眼光深远，洞悉着发生在台湾的荒唐怪事。可是，母亲面对这种局面会怎样处理呢？张闾瑛询问的目光投向于凤至。

于凤至思索片刻，她觉得，自己的猜测或许只是一种可能，但是离婚这种事要双方都同意才能进行，蒋介石没有权力介入别人的婚姻。

于凤至泰然地告诉孩子们，离婚这件事，自己是不会同意的。

卿本佳人，奈何情深

天空的雨洗礼着大地，活着，为所爱的人活下去！于凤至相信，有一种爱，至死不渝。无论自己和张学良被分隔得有多远，无论彼此身处怎样不同的两个世界，有一天，他们会融合为一，她愿意相信，那一天，总会到来。

她念及张学良提及解除婚约时的两难之情，更加为张学良的自由而奔走呼吁。于凤至在晚年的自述中说道：

1964年，在日益高涨的舆论谴责下，尤其美国一些学者、议员对台湾的指责，蒋介石一伙看到如此死不释放汉卿来美国和家人团聚，违反了人权，违反了法律，为世界所不容，于是策划了一个离婚、结婚的自欺欺人的丑剧，用所谓教会要求一妻的借口来堵住汉卿来美国和家人团聚、取得自由的路。当时台湾在蒋介石独裁、恐怖统治之下，一个始终被囚禁的政治犯，根本没有什么离婚、结婚的自由。而我们几十年的婚姻情况，到老来说突然有这要求更是荒谬。我留美国是汉卿所主张的，用我和孩子们在美国，要求他来美国团聚为理由，达到汉卿获得自由的目的。

1964年7月1日，台湾《希望》杂志在创刊号上刊载一篇惊世之作，题为《西安事变忏悔录》，文稿作者就是在台湾乃至世界都异常敏感的人物——张学良。

台湾《民族晚报》也随之转载，此作一时如雷声震耳，读者均希一睹为快。就在海内外媒体纷纷准备转载的时候，台湾当局竟在几天后下令查禁《希望》杂志，并且封存所有尚未出售的《民族晚报》。但是张学良发表《西安事变忏悔录》的消息还是无法封锁，不久亦传至海外。

于凤至在美国的朋友知晓此事，便向于凤至问个究竟，于凤至听到这一消息，显得格外震惊和气愤。丈夫为西安事变进行"忏悔"？她觉得这是不可能的事情。

当她辗转知晓《西安事变忏悔录》的相关内容，更是感到一种从未有过的屈辱。这篇奇怪的东西让她蓦然想起1940年在贵州与张学良分手前的秘密谈话："汉卿应允我，任何情况决不自杀，尽一切可能委曲求全去应付蒋一伙，保全自己以求得自由。汉卿特别明确指出：永远不会认罪，因为自己没有罪，并且是尽了力报效国家了。汉卿说：如果有一天，说他认罪了，那就是蒋一伙伪造的，不要相信并且要揭穿它。"

为此，于凤至向友人解释，这篇文章根本不是张学良所写，赵四也不会写出这样的文笔，这篇《西安事变忏悔录》一定是蒋介石门下的御用文人溜须拍马，胡编乱造，得以完成蒋介石一伙的政治目的的：

1964年台湾市面传出了汉卿在几年前写的《西安事变忏悔录》，一个杂志发表了，随即被查封。友人来问我究竟，我说这是汉卿和我早就预料到的，必然出现的事，只是想不到以这种形式出现。这是为了将蒋一伙被赶出大陆失败的责任推给汉卿，用以欺骗世人，欺骗台湾老百姓，欺骗蒋的追随者；同时也用以安慰蒋介石这伙失败的人。汉卿对西安事变始终认为是正确的，绝不承认有罪，何况他根本没有这个文字水准，以前很多文字是秘书写的，赵四没有在学校念过什么书，也从来没有认真自修学习，并没有如此文笔。《西安事变忏悔录》是在特务们的策划下，御用文人写的一篇自欺欺人的文章，由赵四出面认账抄抄，完成蒋一伙的政治目的，这早在汉卿预计之中。

当然，于凤至根本就不会知道，世事变幻莫测。张学良在长达二十多年的幽禁之后，此时公开见报的《西安事变忏悔录》虽然是政治性的阴谋，但它的确是张学良自己写的。

"忏悔录"啊，这个我要说啊，我要说秘密了啊，我宣布我没有写过那个东西。

怎么一个事情呢？

蒋先生，他要写《苏俄在中国》这本书，他要写这样一个东西，这个事情后来不是闹得很厉害吗？你知道这段故事了？为了写这个东西，蒋先生跟我讲，说西安事变到底是怎么回事？因为他要写书，他问，到底是怎么搞的这个事情？

那么我就回了他一封信，不过那个文字呢，这个千万别说，不过，现在是不在乎了，我告诉你，文字的前头稍微改了一点儿，后头那都是我写的。

那前头是怎么换的？他老先生看见这篇东西，很得意、很高兴。我在信的开头怎么说的？现在这信我还保存着呢。我的信稿呀，一开头说西安这个事情，我是决心至死闭口不言的，我跟什么人我也是闭口不言，我不说，但是你问我了，那我竭诚相告。一开头就是这个，那底下接下来，就说我个人怎么怎么的了。就这个前头，他把这段去掉了。

谁去掉的呢？大概这是（蒋）经国干的事。他去掉了，就把这玩意儿送回来了，他把前头改了，加了一点儿，那么也没说这玩意儿是我的"忏悔录"。

他要干什么呢？把这个东西发表呀，给这个政治部看。

那么这个东西，后来也不晓得是什么人呐，我到现在我也不知道，反正是政治部的人干的，所以后来闹得好多人给撤差了。

我并不是像外头说的那样，说我跟老先生有误会，不是这样的。这个东西一发表呀，题目写的是《西安事变忏悔录》，底下署名张学良。假设他要不写这个名字，要是写《张学良忏悔录》呀，那我也不吱声；他写"忏悔录"，（署名）张学良，好像我自己发表出来的一样，你明白？所以我就把这个问题给老先生送去了，送去的理由就是，我并不是说我反对，不要误会，我并没发表这个东西啊。我就这么给老先生写的。

蒋先生火了，怎么翻案的，我就不知道了。

也就是说，张学良写了一篇回忆录，这篇刊载在《希望》上不久又被台湾下令收回的所谓《忏悔录》，不但确是张学良亲笔所写，而且还是应蒋介石的要求不得不写的。只是这篇以长信方式陈述蒋介石有关西安事变经过的长文，并不是以"忏悔录"为主旨，而是以"回忆录"和"长信"的方式呈现的，发出此信后又被台湾当局某些别有用心者利用并冠以"忏悔录"三个字对张学良进行丑化与诋毁罢了。

不明真相的于凤至借此在美国掀起一波"为夫叫屈"的传媒大战。既然蒋帮利用舆论诋毁张学良，让他即使在获释后也难为世人接受，那么自己也依靠媒体，为张学良扳回一局。

当时美国的传媒技术已经非常发达，电视、广播、报纸，三管齐下，这威力可比一篇小小的《西安事变忏悔录》大多了。

于凤至坚信自己的丈夫张学良本就是无罪之人，他蒙受不白之冤受囚禁之苦已达30个春秋，如今还要在获释之前受此大辱，自己必然要竭尽心力，为丈夫讨回公道。

在美国生活的这些年，于凤至不仅靠智慧积累了万贯家财，还靠自己的人格魅力结成了一个巨大的人脉网，其中不乏美国上流社会的精英——有大学教授、著名学者、传媒界大拿、商界精英，等等。

于凤至亲自出面，将此事向他们诉说，对于张学良的事情，他们本就有所耳闻，而且于凤至的为人也一向为他们所敬重。

于凤至在美国的股场中叱咤风云，但她从不显山露水，而是一贯深居简出，独来独往。如今，她为了此事居然会屈尊造访，可见在这个尊贵的夫人心中，丈夫占有多么重要的地位。众人敬佩她的行为，纷纷出手相助。

不久后，《洛杉矶太阳报》《纽约时报》等美国具有影响力的媒体都对此事进行了详细的报道。

在获得友人们的支持后，于凤至又动身去找了美国的政界人士、律师、侨领等，她不惧烈日，奔走在每个人的府邸之间，她要在美国发动一场铺天盖地的传媒攻势，与蒋介石斗争到底。

于凤至在美国对参众两院议员发起救张呼吁攻势，引起了因惧怕美国势力从中干预才解除对张学良的幽禁的蒋介石的高度关注。

台湾当局对于凤至的行为强烈不满，其中不仅包括蒋介石、蒋经国父子，甚至也包括与于凤至始终姐妹相称并素有往来的宋美龄。

蒋介石有意改变对张学良的处置意见——与其长期幽禁而导致惹是生非，不如快刀斩乱麻以绝后患，蒋介石甚至还萌生了让张学良做杨虎城第二的罪恶念头。

张群作为国民党政权的高层要人，是最先洞悉蒋介石心中恶念的知情者。张群与张学良也是挚友，关系极好，出于对张学良生命安全的考虑，也出于他曾为张学良恢复自由多年所做努力的珍惜，张群认为有必要让张学良认清这样的现实：如果继续和于凤至保持这种名存实亡的夫妻关系，很可能会给张学良自由的彻底恢复带来意想不到的负面作用。

何况，赵一荻与张学良相伴这么多年，对张学良情深义重，也应该给赵一荻一个应得的名分。

张群将这个考虑和宋美龄说起，宋美龄非常赞同。他们又将此事说与张学良，希望张学良早做决定。

张学良也对此善意表示理解和同意，赵一荻更是感激不尽。

就这样，张群为了张学良的生命与自由考虑，也为了当局的稳定，以私人名义从台湾飞到了美国，秘密来到于凤至住所，当面向她说明与张学良办离婚手续的必要性。

于凤至当时对张群的建议表示强烈的反对，时过多年以后，于凤至回忆这段难忘的往事是这样说的：

某某突然由台湾来美国找我，这位一直关系疏远平时没什么联系的人，在登门访我时竟开门见山地说是为了汉卿办离婚的事特来美国的。我问他是否是政府派来的，是台湾什么机关？他说：他是政府的公务人员，但不是奉政府之命而是为了汉卿的处境安危而来。我问他：那么是汉卿委托你来？他犹豫了，然后回答说：不是，是他知道这事根本上是汉卿经过多年教育，已经认罪和守法了，并感激政府，愿意和赵四在台湾终老，所以才要办离婚的。并说，这是他到汉卿家里和汉卿、赵四三个人说这事，赵四说的。他见我不为所动，说出了：这是你闹的，政府对汉卿这样管束已是很宽大了；任何时候、任何办法，汉卿如果擅自行动想离开，离开之时，就是他死亡之时。更说：你不懂这些，赵四懂；赵四说汉卿确实罪大，政府很恩典他了；你不签字政府也有办法，决不让他来美国去（中国）大陆的。他自我说明了他的工作和任务了。现在汉卿的自由成了他和赵四谋取他们私利的资本了。人啊！警惕啊！我和汉卿电话中说此事，汉卿说："我们永远是我们，这事由你决定如何应付，我还是每天唱《四郎探母》。"我思考再三，他们绝不肯给汉卿自由。汉卿是笼中的鸟，他们随时会捏死他，这个办法不成，会换另一个办法。为了保护汉卿的安全，我给这个独裁者签个字，但我也要向世人说明，我不承认强加给我的、非法的所谓离婚、结婚。

于凤至由起初的坚决不签字，到最后毅然决然地在离婚书上签下自己的名字。世事其实都是在它适当的时候降临，只是当事人没有适当的心情去迎接它。

"因为爱他，所以离开他"，于凤至何尝不是如此。因为深爱着张学良，为了他的生命安全，为了他今后的自由，孤独守在异国他乡几十年的于凤至，此时只能带着痛苦，带着决绝，带着不舍，签下自己的名字。

有些答案如此直接和残酷，容不下任何迂回曲折的温暖。带着温暖的心情离开，比苍白的真相要好，纯粹的东西伤人伤得太快了。

被懂得是一种幸福，张学良是幸福的；等待着被懂得是一种孤独——于凤至是多么孤独呀！

于凤至仰头看天，却流不出一滴泪来。

汉卿的话"我们永远是我们",够了,我们两人不承认它。宋美龄和我每年都互寄圣诞、新年贺卡。这年,她贺卡信封上仍然是写张夫人收。一直到现在,每年都仍如此。知道台湾蒋家政权的人都没有把这场戏当真。在台湾是一切都在蒋介石的特务控制下,根本没有法律的真正存在,世人对此大都知道的。

台湾当局在接到于凤至亲笔签字的解除婚姻协议以后,1964年7月,张学良和赵四得以在台北杭州南路美国友人伊雅格的寓所秘密举行了婚礼。1964年7月,台北《联合报》的头条位置刊登了张学良和赵一荻成婚的消息:"三十载冷暖岁月,当代冰霜爱情——少帅赵四正式结婚,红粉知己,白首缔盟。"

对于这次离婚和后来在美国听到张学良和赵一荻结婚,于凤至在她的回忆录里发了感慨:

赵四不顾当年的誓言,说永远感激我对她的恩德,说一辈子做汉卿的秘书,决不要任何名分,等等,今天如此,我不怪她。但是,她明知这是堵塞了汉卿借此可以得到自由的路,这是无可原谅的。我不屈服,我继续为汉卿的自由向社会、向美国政界人士呼吁,要求蒋政权给汉卿自由。

我不孤独,很多很多识与不识的学者、侨领以及东北有关人士,纷纷地、不断地出来谴责蒋政权如此违法囚禁汉卿的罪行,要求给汉卿自由。

卿本佳人,奈何情深。于凤至孤身一人在美国的日子里,始终坚守初心,其德、其品、其才都让人钦佩。

外面的风雨再疾,自己所遭受的打击再多,她也绝不向命运屈服,不向厄运低头。有一种爱,叫忠贞不渝;有一种情,叫生死相许。爱,就是用自己的智慧和努力,让身边的人,心中的人都有家可归,有人可依。

第九章

浮生一梦

就这样，于凤至凭借敏锐的眼光与长远思虑的格局，抓住了一次又一次机会，积累了巨额财富，成为美国华人界名气斐然的"富婆"。

她在属于自己的江湖叱咤风云，笑傲商界。

商界女王

这一生，我们会遇到很多人，有的相伴一生，有的陪护一程。于凤至与张学良之间，彼此相伴不过一程，于凤至却用一生来维护这段婚姻。

虽然已经签过离婚协议书，但于凤至并不承认自己和张学良已经解除了婚姻关系。她认为，这只不过是蒋介石的一种政治手段，只要两个人的心在一起，"我们还是我们"，自己始终是张学良的原配，不会改变。

当又开始独来独往，于凤至依然是那个言语干净、眼神坚定、做事果断、一心努力提升自己的女子。

顶着"东方女股神"的名号，她依旧在股市纵横捭阖，所向披靡。

但是，在她接连发生了两次小小的失误，导致接连输掉了一千多股本来行情看好的股票后，她开始了深思。

会炒股的人，通常不会担大风险，也不会耍小聪明，更不逞匹夫之勇。于凤至也是如此。在通常情况下，于凤至看准的股票行情，是决然不会出现意外风险的。但是自1964年入冬以来，旧金山的股票行情波诡云谲、高深莫测，让她感到捉摸不定。这其中，有几个美国大亨暗中操纵，致使股票市场动荡不稳。

这期间，宋子文和夫人张乐怡前来拜访她，于凤至心中大喜。

当初于凤至在纽约治病期间，他们夫妇曾经去医院探望，如今再见，于凤至得知这次宋子文夫妇是专程到美国西海岸进行一次别出心裁的春游，以解他们困居当寓公的赋闲之苦。

同时，这对伉俪也想利用这次从东到西的漫游，到洛杉矶、芝加哥和旧金山等地看望从前的老朋友们，此行看望于凤至也是他们的心愿之一。

于凤至居住的乡间小镇，鲜有人往来，如今遇到故友，畅谈欢聚，颇是欢欣。

宋子文夫妇询问于凤至的身体状况，也对于凤至隐居乡间、独身居住表示关心，话题自然而然转移到张学良身上。

这对夫妻很好奇：于凤至独身一人生活，这些年，难道就不想回台湾去看望自己日思夜想的丈夫吗？

这个问题，宋霭龄也曾问过于凤至。

于凤至在纽约居住时，和她经常有往来的中国人只有宋霭龄。从某种程度上看，于凤至自从到美国后，与宋霭龄的关系甚至比与宋美龄的关系密切得多。

她由纽约到旧金山定居以后，仍与宋霭龄书信电话不断。1962年10月，宋霭龄甚至还飞到旧金山一次。她名义上是来多树城探望于凤至的，可是，两人在一起谈过几次话以后，于凤至就发现原来宋霭龄来此另有原因——她决非只为探望自己而来。

宋霭龄对她说：蒋介石将在本年10月31日在台湾举行盛大寿庆活动，电邀宋霭龄和孔祥熙夫妇回台祝贺。同时，宋霭龄也就向于凤至转达其妹宋美龄的意见，即：拟邀请于凤至也借此机会和宋霭龄伉俪同行，一方面是为蒋介石祝寿，另一方面可以探视幽禁中的张学良。并保证于凤至如果同意随行，探视张学良将不成问题。

于凤至对蒋介石深恶痛绝，她早就说过，此生不踏进台湾半步。因此，面对宋氏姐妹的邀请，她以身体欠佳、不宜远行为借口，委婉拒绝。但宋霭龄一直恳切地劝说，于凤至最后只好直言相告："大姐，休怪我不讲情面，不给您面子。只要汉卿他在台湾一天没有真正的自由，我就根本不可能去那里的。"

宋霭龄见于凤至态度坚决，只好作罢。

此时，宋子文又旧事重提，于凤至稍有不悦。宋子文见于凤至独坐沉思，明白她误会了自己的意思，于是再转话题，谈及自己台湾之行，见到了张学良和赵四小姐的事，并将张学良的生活情况向于凤至一一述说。

宋子文谈及他们与张学良会面时，张学良很羡慕在美国定居下来的故友亲朋，并且说如果有一天蒋先生真同意让他出国，他一定会来的。

于凤至听了只能叹息。丈夫自由的那一天什么时候才能到来呢？就目前的形势看来，简直就是水中望月，可望而不可即。

宋子文给她鼓劲，让她别灰心，目前张学良比以前有了很大的自由，而且国际舆论这么厉害，迟早有一天，国民党会给张学良自由的。

于凤至听到这话，心情大好，并且表示："如果汉卿有一天真能到美国来，我情愿出钱给他单独购买一幢小楼，让他和赵绮霞居住。只是他到底什么时候能有自由呢！"

许多年来，于凤至对张学良深情等待，甚至接受他身边别的女子。在于凤至这里，只要自己的丈夫好，一切皆好。

于凤至谈及自己在旧金山股市输了两次，几乎是血本无归。宋子文听了，建议于凤至不要困囿于股市，他提及当年于凤至在国内理财的时候，她的智商就令自己深为佩服，其实此时，也可以把赚钱的目光投向别处。

宋子文的话对处于炒股困境里的于凤至来说，起到了拨云见日的作用。这些年，于凤至在股市上拼杀，也颇费精力，岁月蹉跎和生活磨砺，既给她的头上平添了几绺华发，也使她的脸上布满了沧桑，她对股市也有些厌倦了。

宋子文于是建议于凤至改做房地产生意，因为那是一本万利的生意，只要于凤至能看准市场的行情，略施本金，得到的回报是十分丰厚的。

宋子文说："旧金山到处都是高楼巨厦，在这种地方投资无疑是把钱往大海里扔。别说赚钱了，就是本金也难以收回来。最好的地点，就是洛杉矶啊！"

"洛杉矶？"于凤至问。

"不知夫人是否到过洛杉矶？如果您到那里去看一看，就会知道，那里和旧金山大不相同，也和纽约不一样。就是因为那里几乎看不到几幢像样的大楼，才有经营的潜力啊。那里是个以平房和绿地为主的城市，而且我说在洛杉矶可以投资房地产，其原因就是那里有个新兴的电影城，也就是好莱坞山上的电影城啊。"

"电影城与做房地产生意有什么关系呢？"

"为什么没有关系？夫人可记得我说过，做生意要天时、地利、人和三要素吗！好莱坞电影城不断会产生一些新的明星，这些明星又大多是从美国或世界各地到那里去闯世界的。几乎每年都会有平庸的普通人在奥斯卡电影节上一跃成为明星。夫人不要忘记，只要拿了奥斯卡大奖的演员，他们都会有一笔用不完的钱。而这些人首先需要解决的，就是住宅环境的改变啊！"

宋子文对生财之道极具远见卓识，于凤至认真聆听宋子文的建议，十分信服。她仿佛在黑暗中看到了前面的一丝亮光，内心有了新的方向。

那是新的领域，那么耀眼，闪闪发光，于凤至心头的乌云一扫而空，她将再次出征，踏上新的征程。

1967年秋天，于凤至来到洛杉矶。洛杉矶（Los Angeles）位于美国加利福尼亚州西南部，是加州第一大城市（人口及土地面积），被称为"天使之城"。它拥有美国西部最大的海港，是美国石油化工、海洋、航天工业和电子业的最大基地之一，同时也是全世界工商业、国际贸易、科教、文化、娱乐和体育中心之一。

初来乍到的于凤至举目四望，洛杉矶果然像宋子文所说的那样，看不到多少高楼大厦，目之所及，多是一些布局整齐、错落有致的建筑。

前来接于凤至的是她曾经在东北的时候就收为义子的肖朝志。早年，肖朝志的父亲肖振瀛曾在东北军任职，和张学良的关系极好，在肖朝志还是孩子的时候，就拜于凤至为干妈，现在他也已过不惑之年，在洛杉矶从事东北同乡会筹组工作，于凤至带着菲律宾女佣爱达到洛杉矶后，暂住在肖朝志家。

肖朝志开着车，带于凤至熟悉洛杉矶的情况，于凤至看见一幢幢造型独特的小楼，非常典雅，并且拥有许多绿地空间。在房宅附近，还有许多绿树环绕。总之，这里独特的建筑，优雅的环境，与纽约和旧金山的繁华喧嚣形成鲜明对比。

很快，于凤至对洛杉矶的大环境了然于胸。她来此的目的，自然不是去欣赏那些漂亮的景观，游览名胜。

这天，肖朝志驱车带她来到迪士尼乐园，于凤至好好游览了一番。在回城的路上，于凤至的目光透过车窗望向窗外，看见一片空旷的荒地，萋萋荒草间有一幢灰色的小瓦屋。在乡镇住久了的于凤至对这种农舍从内心生出一种亲切感，同时，于凤至还考虑了另外一个问题。

于凤至下了车，朝着杂草丛生的荒地间的农舍走去。于凤至看见农舍上写着"出售"字样，她立住脚步，仔细打量起周边的环境。

第九章 浮生一梦

肖朝志和爱达都对于凤至的行为感到不解，虽然于凤至打算在洛杉矶买房，但她对住房环境、居住条件的要求都非常高，这一处破屋，怎么可能入得了她的眼？

于凤至却并不这样想，她看看远方，这里距离公路只有几十米，农舍面积不大，只有百余平方米，二层木结构的小楼十分陈旧，但农舍外却有偌大一片曾经种植过谷类作物的园田。

于凤至看着出售招牌上的内容：

"木楼售价 5.8 万美元，草坪每坪 1.2 千美元……"这价格，真是便宜得让人怀疑人生。但是，这里并不是适合居住的地方。

面对肖朝志和爱达的疑惑，于凤至告诉他们，自己并不是看中了农舍，而是看中了这块地的地理位置。这里离安纳姆海和迪士尼乐园很近，于凤至从中看到了商机。

她猜测，不出两三年时间，这个农舍的价格会猛涨。

于凤至干脆利落地从将要远迁芝加哥的农民手里买下了那幢破旧的农舍，然后对这里进行了简单的装修，并且把那片蒿草拔掉，种上了草坪。

果然不出所料，1969 年秋天，在于凤至购买下这幢农舍的第二年，这片占地数千坪的绿地，被美国的凯斯尔旅游集团公司看中了。他们多次派人来找这片绿草地的主人商洽购买，以作为这家旅游集团公司即将兴建的旅行大楼的施工地点。可是，于凤至却迟迟不肯卖出。在双方不断地讨价还价之后，旅游公司以每坪 3 万美元的价格购买了全部绿地。于凤至低价购进的小木楼和楼前那片荒草地，最终高价卖出。她在房地产生意上狠狠地赚了一笔。

于凤至趁热打铁，接连在洛杉矶做了几笔房地产生意。她做房地产生意不像一般房地产商人那样，先出一笔巨额资金去兴建大量的住宅或楼宇，然后向外出售，而是根据自己的实际情况——年岁已大，不能过于奔波劳苦，采取适合自己的方式，连家门也不出就可以做成一笔生意。于凤至慧眼独具，精于策划，每一次生意都可以赚得一笔不菲的酬金。

世界上没有白走的路，每一步都作数，于凤至做到了。

高瞻远瞩

于凤至在美国的房地产生意做得风生水起的时候，张学良在台湾依旧过着按部就班的生活。自从与于凤至离婚后，张学良对自由的向往慢慢减弱了，他在台湾的北投和赵一荻过着远离世事的宁静生活。

张学良眼睛不好，看书、看报时，得用放大镜。更多的时候，他就听听收音机里的节目。

他想出去散心，便由赵四小姐推着轮椅，带他到处走走。做了多年的"笼中鸟"，张学良也逐渐习惯了这被拘禁的生活。

1975年4月5日，蒋介石去世，这对于凤至来说不啻为一个天大的好消息。于凤至看到了与张学良重逢的希望。

毕竟，囚禁张学良是蒋介石的主意，这个张学良自由的最大的拦路虎去世了，自己与丈夫团圆就不再是梦想了。

所以，1980年春天，于凤至决定在好莱坞山顶购买一幢房产。那是好莱坞著名电影明星英格丽·褒曼早年曾经居住过的别墅。

这是一幢英国式白色建筑，坐落在比佛利山山顶的来克瑞士路189号，环境幽雅，依山傍水，堪称比佛利山上好莱坞明星们聚居之地中最为炫目的一幢住宅，房价奇高，但于凤至看中了，她当即拍板，出手豪放而阔气。

于凤至很快搬入新居，将此处作为自己的幽居之地。于凤至还购买了一辆超级豪华的小轿车，一个华人老太太在众多明星居住的地方出入，本就少见，所以尤其引人注目。

于凤至搬进比佛利山山顶豪宅不久，她死去的次子张闾玗的女儿、自己的孙女也到洛杉矶定居。

孙女时常来陪伴于凤至，和她聊天，为她解闷。孙女对年老的奶奶已经有很多钱却还继续做生意感到不解。于凤至告诉孙女，自己并不是想要成为富婆，到这把年纪还在商场闯荡，一是觉得这样的自己是个有用的人，二是希望让别人看到她存在的价值。

头发已经花白的于凤至虽然时不时会生病，但只要病情有所好转，她就会让爱达开上那辆劳斯莱斯到洛杉矶城区去。她每隔一段时间就会到房地产交易市场转一转，很多美国大商人见到穿着中国旗袍的于凤至到来，都从各自的座位上恭敬地起身相迎，向这位中国老妇人点头致意。

1982年5月，于凤至又在洛杉矶南郊40公里处购买下一块占地约5000坪的荒地。虽然在当时谁也看不上这块多年废弃的荒地，有些房地产大亨甚至已经预见于凤至将要在这笔生意上栽个大跟头，可是，于凤至自有她的主见，并且不顾许多朋友们的劝阻，果断买进了那块荒草萋萋的废地。

很多人在等着看她的笑话，于凤至却淡然一笑，她对自己的投资非常自信。

义子肖朝志对她此次的投资也十分不解，因为于凤至购买这片荒地时，许多业内人士都认为这是一种毫无保障的冒险，而于凤至已经80多岁了，怎么敢下这种赌注呢？这里毕竟不同于当年在迪士尼乐园附近买那个农舍啊！

1986年秋天的一个下午，艳阳斜射，在距洛杉矶40公里的一处山坳里，已经就任东北同乡会会长的肖朝志，陪同年迈的于凤至乘车来到于凤至四年前买的这片荒地，如今，这里正在施工，即将被建成一座大型的高尔夫球场。

当初，爱达驾驶着小轿车载着于凤至看到这片荒地时，她拄着拐杖爬上路边的一座土坡。站在土坡上，她看得到这片处于山坳里的荒地。当时，于凤至就对这片荒无人迹的草地产生浓厚的兴趣。她对爱达说，这里将来会不会有人建一个高尔夫球场呢？爱达觉得老人简直是开玩笑：怎么可能有人到这么荒凉的地方打高尔夫球？于凤至根据自己的经验推测，这片荒地距城区只有40公里，并不算远，况且从人性的消费和休闲的理念上，她也考虑到，住惯了大城市的人，往往希望远离尘嚣，求得安宁。再说，城区又有向南发展的趋势，几年以后，这片荒地就是一个潜力十足的竞争之地。即便没有人在这里建高尔夫球场，也会有人在这里建小别墅。

如今，一位从西雅图来的美国巨商看中了这片山坳里的草地，他想在这里建一个现代化的别墅区，同时，将别墅前面的荒地改扩成高尔夫球场。美国巨商的想法竟然与于凤至当年的构想不谋而合。

美国巨商出的价格是于凤至当年购买这块荒地价格的七八倍。

就这样，于凤至凭借敏锐的眼光与长远思虑的格局，抓住了一次又一次机会，积累了巨额财富，成为美国华人界名气斐然的"富婆"。

她在属于自己的江湖叱咤风云，笑傲商界。

心　愿

卢梭有言："磨难，对于弱者是走向死亡的坟墓，而对于强者则是生发壮志的泥土。"

于凤至的传奇,是她自己创造的。她在残酷生活的淬炼中,浴火重生,璀璨夺目。

于凤至购买了多处豪宅,有两处尤为著名。

一处是英格丽·褒曼曾经钟爱的临泉别墅,即她自己的居住之所。

另一处是伊丽莎白·泰勒的故居,是于凤至为丈夫张学良购置的房产。于凤至看中这幢小楼,是因为它闹中取静,最适合老年人安度晚年。这座造型古朴而典雅的小楼,楼前棕榈和芭蕉郁郁葱葱,树林间藤蔓缠绕,婀娜多姿,站在阳台上,可以俯瞰整个比佛利山山区。

根据各路来的消息,她已得知,张学良离自由越来越近了。于凤至不仅花费巨款为张学良购下豪华别墅,让张学良到美国有地方可住,还在比佛利山下有名的玫瑰园公墓买下两座墓穴,希冀与张学良生死相随。

1987年冬天的一个夜晚,于凤至半夜起床如厕时不慎滑倒,导致下肢基本上处于半瘫痪状态。

当时爱达已与美国人卡尔结婚。在那一段时间,于凤至身边只有一个在洛城新雇的印度尼西亚女孩照顾她的饮食起居,那段时间,于凤至生活并不如意。

义子肖朝志曾多次前来照顾,并希望把生病的于凤至接回城里的家中静养;孙女也希望年迈的老祖母下山和他们一家人共同居住;在旧金山的张闾瑛得知母亲这种情况以后,也多次前来照料,并再三恳请她随自己重回旧金山定居,以享天伦之乐。可是,独自生活惯了的于凤至却不肯应允。

大约一年后,爱达因婚姻不如意,重返于凤至身边。于凤至的生活又走入正轨。

于凤至的身体一日不如一日，爱达对她一如既往地照顾有加。她时常推着于凤至走在比佛利山山顶豪宅区的柏油路上。于凤至静静地坐在轮椅上，看着不时从身边驶过的汽车或者跑过的行人。

好莱坞的影星们都知道，坐在轮椅上的中国老妇人当年曾经有过非常辉煌的岁月，是一位极有魅力的商界女王。但对于她非常的身世，知之者甚少。

1988年1月13日，于凤至得知蒋经国在台湾去世，她开始等待来自台湾的其他信息。

一天上午，一位叫宁恩承的客人来到于凤至的别墅。早年于凤至在沈阳东北大学读书时就与宁恩承相熟，当时宁恩承是东北大学的教务主任，也是张学良委派到东大直接掌管具体事务的代理校长。于凤至在纽约治乳腺癌的时候，宁恩承曾去探视她，多年以后，宁恩承始终定居在西部的旧金山。于凤至在旧金山时，宁恩承也时常前去探视。

此次宁恩承前来，是告诉于凤至好消息的。张学良在台湾的状况比过去更好了一些，并且，一些主持正义的海内外人士，正在开始呼吁台湾当局给张学良以全面的自由。

于凤至虽然心里充满了激动之情，但多年来的等待，使她对这样的消息持半信半疑的态度。

1988年冬天的一天，于凤至在比佛利山上的别墅里来了三位远方的客人，其中一位是郭维城，当年在沈阳时担任张学良的机要秘书，另两位分别是东北军元宿阎宝航的女儿阎明珠和郭维城的女儿郭梅。那天，久病不起的于凤至看见自己清静的家里来了这么多祖国的客人，激动得热泪潸然。

郭维城向患病在床的于凤至介绍了有关张学良即将恢复自由的新形

势。郭维城和阎明珠女士此次到美国来,是应邀到华盛顿出席东北大学旅美校友会等在那里为纪念西安事变52周年而举行的"争取张学良将军全面自由研讨会"的。

曾担任过中共铁道部部长的郭维城,在华盛顿的会议上不但为老长官张学良的自由发出呼吁,而且以特殊的方式,向国际上表达了中国人民对张学良恢复自由的强烈愿望。

郭维城告诉于凤至,现在世界各地都有人在为张将军的自由奔走呼号,相信台湾当局必然要在世界舆论的压力面前,做出适应历史潮流的抉择。在台湾也有张群等国民党元老们在积极筹划张学良90岁的公开祝寿活动。如果这一公开祝寿活动得以成功,那么就是张学良真正获得自由的开始。

于凤至听到这里,忍不住流下了激动的泪水……

中国政府派郭维城等人来洛杉矶,邀我回国定居。我在病床上伸手握住郭维城的手说:"亲人来了,我要回去。"郭维城是当年汉卿的秘书,和我相识,异域重逢,想到汉卿现在情况,都泪不能止。郭说:"中国人民惦念汉卿,汉卿是千古功臣,政府要安排你回国治疗,安享晚年。"我闻之下,感激痛哭……

于凤至最终回绝了郭维城的好意。她始终记得当初对张学良的承诺——在美国与他团聚,之后一起重返家乡。

于凤至内心多么渴望落叶归根呀,可是远方的张学良还未获得自由,自己怎么能丢下他,独自回国呢?

1989年春天,耄耋之年的于凤至久卧榻上,已经许多天不曾下地了。近年来,于凤至身体状况欠佳,便疏远了房地产生意。真正成为比佛利山山顶豪宅里的一位赋闲老人以后,她每天最大的乐趣就是让爱达推她上山,去看那幢为张学良准备的闲置许久的白色小楼。自从宁恩承来访以后,又有一些东北友人先后来到洛杉矶城外的比佛利山上探望这位生病不能进城的老妇人,他们不断将张学良在台湾的近况告诉她。于凤至感到欣慰的是,台湾岛内一批正义人士不断向当局发出给张学良以真正自由的呼吁。她知道,和自己阔别近半个世纪的汉卿,即将走出多年笼罩着他的阴霾,得以自由了。

回忆录

岁月流逝,人生已老,于凤至知道,不能为已消尽的年华黯然伤神,空留叹息,而必须正视匆匆溜走的时光。于凤至心中有一个声音告诉自己,这一生走得太苦,也太累,但同样也充满了激情,充满了奋斗,充满了等待,充满了希望,这一生,应该留下些什么。

她认定丈夫不久之后就能重获自由。她要用自己最后一点微薄的力气,再为丈夫做点什么。随着她的身体越来越衰弱,她有一件紧迫的事情要继续完成。

她将女儿张闾瑛叫到床前,告诉她自己要出一本口述回忆录。在回忆录中,于凤至要澄清张学良一生的冤屈。

看着母亲那羸弱的身体,张闾瑛表示一定会配合母亲,完成母亲的心愿。

每天,张闾瑛都会在于凤至精神最佳的上午来到她身边,认真聆听她的回忆。于凤至以一种近乎神圣的态度对待此事,在女儿埋头记录她的口述内容的时候,她的神思仿佛回到了儿时岁月,回到了吉林省怀德县大泉眼村。

于凤至细细地回忆着。

随着回忆的深入,当年那点点滴滴,如同电影一一回放,于凤至仿佛又回到了昔日的大帅府。张学良意气风发,笑谈之间都是春风得意;夫妻二人琴瑟和鸣,举案齐眉,子女绕膝……,于凤至那双已经模糊不清的双眼透着喜悦。

时光好像就这样静止在于凤至的回忆中,静谧的别墅偶尔会传来几声鸟啼,于凤至仿佛又置身当年少帅府的书房中。

于凤至的身体越来越虚弱,因担心母亲的身体,张闾瑛不让于凤至花费太多的神思,有则多写,无则少写,就这样,这部回忆录断断续续地写了将近一年。

在口授的过程中,于凤至极力压抑着自己的情绪,可是,囚禁、生病、儿子早逝、被迫离婚……,一桩桩,一件件,如何让她的心平静下来?每每想到蒋介石对张学良的污蔑与折磨,这个90岁高龄的老太太依旧非常激动,甚至愤怒到浑身颤抖。每每见此状,张闾瑛总会适时转移话题,让母亲讲点自己小时候的趣事,使老人能够享受一段快乐时光。这期间,她甚至乞求母亲中止这本回忆录的书写,但每次都被于凤至坚定地拒绝。

于凤至一生受的苦实在是太多了,那轻如羽毛的话语和文字,怎能承担得起如此沉重的一生呢?

1989年2月1日,于凤至终于完成了自己的回忆录,她将其取名为《我与汉卿的一生》。在这本书中,她没有描述自己多年的苦难,甚至对丧子之事只字不提,一眼望去,通篇都是对张学良的辩护与关切。

岁月如流,时光无情,儿子们都先我而去。我是在苦苦地等待汉卿啊！我只有在看到孙女、孙子们成长时，才略感到一点安慰。汉卿的这一嘱托，我办到了。

1989年2月1日

写回忆录的心愿已了，剩下的就是健康了。为了等到张学良自由的那一天，她每天努力与病魔做斗争。甚至，为了等候张学良的归来，她特意叮嘱爱达为她买了拐杖，她要在美国，在为丈夫买的别墅前，迎接日思夜想了多年的丈夫平安、自由地归来与她团聚。

张于凤至

岁月轮回，四季周而复始。花蕾的绽放，只为等待那花开的浓艳。对于凤至来说，她已经等了他几十年了，再等一年又有什么关系呢？可是，她的身体状况不容乐观。

胜利的曙光就在前方，为了等到张学良完全自由的那一天，于凤至开始坚持每天锻炼身体。在美国好莱坞的山顶公园，人们常常能够看见一位中国的老太太风雨无阻地练习太极拳。

等待并不是一件轻松的事情，这么多年漫长的等待需要多么强大的承受能力，只有于凤至自己知道。如今的于凤至几乎有些望眼欲穿了，在等待中等待，每一分每一秒都是那么漫长。她在心中默默祈祷：当我们久别重逢，愿你别来无恙。

于凤至脸上常常挂着微笑，即便是漫长的等待岁月，她也觉得值得。

此时的张学良也早已满头灰发，头顶的头发已脱落，那面部的老斑，那张脸上依然透着的淳朴的表情，使他看上去似乡间的老农。

第九章 浮生一梦

晚年的张学良说话声音很大，许多人以为他曾经是军人，所以嗓门大，还称赞他"声若洪钟"，实际上是他两耳重听，怕对方听不见之故。

1990年，张学良的90岁寿宴得以举办。这不仅仅是一场单纯的寿宴，更是一种标志，它意味着张学良从今往后就可以告别监禁生涯，再一次拥抱阔别50多年之久的自由了。

回想囚禁生涯，每一年的生日，张学良都是在寂然无声中度过的。对于自己的生日，张学良是十分不愿意过的，因为他的生日也是父亲张作霖的祭日，每每想到此事，他都情不自禁地悲伤。

张学良的寿宴在圆山饭店举行，为他祝寿的宾客是提前计划好并要盛情邀请的。该请谁呢？在写请帖这件事情上，张学良反复斟酌，但有一个名字是决不能忽视的，那就是他名义上已经离婚，但他仍将其当发妻看待的于凤至。

只是于凤至已经看不到这张请柬了。

1990年3月20日，因心脏病复发，于凤至陷入了昏迷。临终前，她有一段短暂的清醒时间，她一直盯着墙面上自己与张学良的合影。

亲人们默默地站在她面前，不忍打扰她回忆过去。

于凤至最终没有等到与自己要等的人欢喜重逢。

亲人们把她葬在了洛杉矶。下葬那天，阴风阵阵，仿佛在诉说她一生的离别之苦。

1991年3月10日，张学良携夫人赴美国探亲访友。

在张学良飞抵旧金山之前，东南亚媒体曾经一片轰动。从张学良刚登上飞机启程时起，各报纷纷刊出如下赫然醒目的新闻标题：《张学良赴美探亲》《张少帅迈出了一大步》《少帅说：我是秋后的蚱蜢》《少帅，永不褪色的人》《张学良赵四携手走过坎坷人生》，等等。其中记者陆铿所写的《张学良有了真正的自由》中这样写道："在中国现代史上最具有传奇色彩的英雄人物，西安事变的主角张学良将军，自从 1936 年失去自由，由一位美人从青春陪到迟暮，双双幽居 55 年以后，终于从宝岛台湾飞到美国，使其传奇生涯更增添了罗曼蒂克的色彩……张学良的亲属几乎全在美国。元配夫人于凤至自 1940 年来美，一直未回中国。去年 3 月以 91 岁高龄在洛杉矶去世。……少帅此行主要是探亲与家人团聚……"

抵美之后，张学良在女儿张闾瑛、四子张闾琳以及陶鹏飞、陈淑贞等人的陪同下，乘飞机从旧金山前往洛杉矶，随后，驱车直奔风景秀丽的好莱坞山。

群山无语，似乎在静等他的到来；阵阵微风，似乎是于凤至在深情地诉说心语。

张闾瑛搀扶着张学良，来到山顶上那幢掩映在苍松翠柏间的风格独特的建筑。这里所陈设的桌椅，都是严格按照于凤至和张学良在东北的家的样式摆放的。

张学良默默伫立，黯然伤神。

张闾瑛告诉张学良，母亲还为他买了一所住宅，房子还保留着。张学良对此既感动又叹息。他对女儿说，此次只有到这里探亲的自由，如果哪天真能来美国定居，一定要到洛杉矶。张学良的语气中充满了对亡妻的怀念。阳明洞一别之后，再无相逢，他的内心也同样有着深深的遗憾。

张闾瑛陪父亲来到母亲的墓地，小小的一个方块，由矮矮的石墙围着，墓前竖立着一尊白色大理石女神雕像，墓碑上用英文刻着"张于凤至"。张学良痛惜不已，老泪纵横。

于凤至自始至终都认为自己是张家人，是张学良的妻子，她生前早早地立下遗嘱，把遗产全部留给张学良。

而最伤情的，是她的墓旁留给丈夫张学良的那块墓地，成了空空的等待。

张学良肃立在墓前祭奠，痛哭失色："她是最好的夫人。"

这位知情知义、宽厚待人，真情可泣、至死不渝的妻子，让张学良回想起夫妻走过的风雨旅程，看到妻子为他打拼下的一切，酸甜苦辣，俱涌心头。

归途中，张学良神情凄苦，缄默无言。

1993年12月15日，张学良与夫人再次前往美国探亲。1994年4月，张学良夫妇定居夏威夷。

在张学良决心在夏威夷安度晚年的消息传出后，坐落在比佛利山上的那幢白色小别墅，由张学良和于凤至的孙女转卖给了一位美国电影明星。

比佛利山脚下那座幽静的玫瑰公墓的一隅，始终有两座覆盖着青石板的墓穴完好地保留着原貌。其中左侧的墓碑上镂刻着"张于凤至"字样，右侧的墓地是一座空穴。

凤凰鸣矣，于彼高冈；梧桐生矣，于彼朝阳。

于凤至优良的作风和卓越的品质，超脱常人的人格魅力，让我们看到一个与众不同的奇女子。她以浓烈的笔墨写就了属于她的"人间值得"。